W0344501

Luis Sepúlveda est né au Chili en 1949. Il est notamment l'auteur du *Vieux qui lisait des romans d'amour*, d'*Un nom de torero*, du *Monde du bout du monde* et du *Neveu d'Amérique*. Best-sellers mondiaux, ses romans sont traduits dans de très nombreux pays. Il est également scénariste, réalisateur, producteur et même acteur pour le cinéma.

Daniel Mordzinski est né à Buenos Aires en 1960. Il travaille depuis trente ans à un ambitieux « atlas humain ». Argentin ancré à Paris, il a fait les portraits des auteurs les plus connus des lettres ibéro-américaines. Il a exposé en Argentine, en Colombie, au Mexique, en Italie et en France.

POINTS AVENTURE
un esprit de liberté

UNE COLLECTION DIRIGÉE PAR PATRICE FRANCESCHI

Il y a 2 500 ans, Pindare disait : « N'aspire pas à l'existence éternelle mais épuise le champ du possible. » Cette exhortation à un dépassement de la vie était aussi un appel à la liberté et aux liens qui l'unissent à l'esprit d'aventure.
Vingt-cinq siècles plus tard, l'énergie vitale de Pindare ne serait-elle pas un remède au désenchantement de nos sociétés de plus en plus formatées et encadrées ? Et l'esprit d'aventure l'un des derniers espaces de liberté où il serait encore possible de respirer à son aise, d'agir et de penser par soi-même ?
C'est sans doute ce que nous disent les livres qui, associant aventure et littérature, tentent de transformer l'expérience en conscience.

Patrice F.

Luis Sepúlveda

Photographies de Daniel Mordzinski

DERNIÈRES NOUVELLES DU SUD

Traduit de l'espagnol (Chili)
par Bertille Hausberg

Éditions Métailié

TEXTE INTÉGRAL

TITRE ORIGINAL
Últimas noticias del Sur

© Luis Sepúlveda et Daniel Mordzinski, 2011
by arrangement with Literarische Agentur Mertin Inh Nicole Witt e.K.,
Francfort, Allemagne

ISBN 978-2-7578-3373-5
(ISBN 978-2-86424-862-0, 1re publication)

© Éditions Métailié, 2012, pour la traduction française

Le Code de la propriété intellectuelle interdit les copies ou reproductions destinées à une utilisation collective. Toute représentation ou reproduction intégrale ou partielle faite par quelque procédé que ce soit, sans le consentement de l'auteur ou de ses ayants cause, est illicite et constitue une contrefaçon sanctionnée par les articles L. 335-2 et suivants du Code de la propriété intellectuelle.

À Osvaldo Soriano mon frère de cœur.
Nous nous sommes quittés pour la dernière fois
à Buenos Aires. L'un a poursuivi son voyage
vers le Sud du Monde, l'autre vers le Sud de l'Âme.

Aux braves gens qui nous ont accueillis
au sud du 42e parallèle.

À propos de ce livre

L'idée de ce livre est née un après-midi de 1996, en buvant du maté à Paris. Avec Daniel Mordzinski, mon *socio*[*] dans tout ce qui va suivre, nous avions envie de dépasser la relation d'éternel concubinage texte-photo qui nous avait amenés à faire des reportages à travers le vaste monde pour des revues et des journaux. Il s'agissait toujours de commandes dont la longueur et le nombre de photos étaient prévus d'avance et qui, au moment d'être publiées, étaient souvent assujetties à des volontés oscillant entre le politiquement correct et la peur de perdre son travail. La censure moderne exercée non par la crainte du chômage mais par celle d'être « exclu du marché » n'interdit pas, elle biffe, coupe, « édite » au nom d'une lâche circonspection, d'une prudence pusillanime.

Nous sommes donc partis un jour vers le sud du monde pour voir ce qu'on allait y trouver. Notre itinéraire était très simple : pour des raisons de logistique, le voyage commençait à San Carlos de Bariloche

* Terme qui désigne un ami, un camarade, un coéquipier. *(Toutes les notes sont du traducteur.)*

puis, à partir du 42e parallèle sud, nous descendions jusqu'au Cap Horn, toujours en territoire argentin, et nous revenions par la Patagonie chilienne jusqu'à la grande île de Chiloé, soit trois mille cinq cents kilomètres environ. Cependant, malgré sa simplicité, cet itinéraire portait le sceau de ces Anglais qui entreprennent toujours des voyages pour confirmer une hypothèse et, quand celle-ci ne correspond pas à la réalité qu'ils découvrent, alors tant pis pour la réalité. Selon la nôtre, nous prétendions être capables de couvrir cette distance au cours de ce voyage, mais tout ce que nous avons vu, entendu, senti, mangé et bu à partir du moment où nous nous sommes mis en route nous a fait comprendre qu'au bout d'un mois nous aurions tout juste parcouru une centaine de kilomètres. N'étant pas anglais, nous avons oublié cette damnée hypothèse.

Quelques semaines après notre retour en Europe, mon *socio* m'a remis un dossier bourré de superbes photos, au format travail, et on n'a plus parlé du livre. Ce que nous avions vu et vécu dans le Sud est devenu un sujet de conversation entre amis, sa compagne et la mienne connaissent par cœur de nombreuses anecdotes sur ces journées de vagabondage et de vent, ses enfants et les miens ont écouté attentivement ces deux vétérans des grands chemins et ils suivront peut-être un jour nos traces. Nous n'en avons plus parlé car mon *socio* sait que les livres sont des animaux bizarres, imprévisibles, et que certaines histoires préfèrent qu'on les raconte autour d'un verre, elles aiment s'installer de mille manières dans la bouche du narrateur jusqu'au moment où elles, et elles seules, décident de se transformer en mots sur du papier.

Mes livres s'ordonnent toujours tout seuls, leur organisation est aléatoire, anarchique, parce qu'ils ne veulent pas être la mémoire de l'auteur mais une mémoire collective et ils s'écrivent peu à peu comme l'air pur et limpide que les meilleurs d'entre nous défendent de toutes leurs forces.

Sur chacune des histoires suivantes passe sans aucun doute le souffle des choses inexorablement perdues, cet « inventaire des pertes » dont parlait Osvaldo Soriano et qui représente le coût impitoyable de notre époque. Pendant que nous étions sur la route, sans but précis, sans limite de temps, sans boussole et sans tricheries, cette formidable mécanique de la vie qui permet toujours de retrouver les siens nous a amenés à rencontrer beaucoup de ces « barbares » dont parle le poème de Constantin Cavafy. Leurs rêves étaient redoutables, c'est pourquoi ils ont été anéantis et rejetés dans les territoires extrêmes dévolus aux « barbares » et, malgré tout, ces rêves ont semé l'insomnie chez les seigneurs du pouvoir qui ont pris conscience du danger du retour des « barbares » au point de transformer cette menace en obsession, si bien que les banques ont donné l'ordre de les discréditer ; incapables de penser tout seuls, certains se sont mis à trois pour écrire des livres sur « l'idiotie des barbares » et ces derniers leur ont répondu en plantant des forêts, en imaginant une alternative à la déshumanisation du système en vigueur, en organisant la vie pour que vivre soit un peu plus qu'un verbe.

C'est ainsi qu'en buvant du maté avec eux, les « barbares », nous avons vu l'aurore australe écrire avec une calligraphie électrique les derniers vers du poème de Cavafy :

Mais la nuit est tombée et les barbares ne sont [pas arrivés
aux dires de certains nouveaux venus de la [frontière
les barbares n'existent plus
qu'allons-nous faire sans les barbares
ces gens étaient une sorte de solution.

Drôles d'animaux que les livres. Celui-ci a décidé de sa forme finale il y a quatre ans quand nous volions au-dessus du détroit de Magellan dans un fragile coucou ballotté par le vent, le pilote pestait contre les nuages qui l'empêchaient de voir où diable se trouvait la piste d'atterrissage et les points cardinaux étaient une référence absurde, c'est alors que mon *socio* a signalé qu'il y avait, là en bas, quelques-unes des histoires et des photos qui nous manquaient.

Et il avait effectivement raison. Nous sommes revenus en Europe, lui en France, moi en Espagne et, une fois de plus, ce livre a cessé d'être notre principal sujet d'intérêt. Ce que mon *socio* a toujours ignoré, c'est que ce livre que j'écrivais lentement était mon refuge, le lieu auquel je revenais chaque fois que je me sentais bien car c'est le propre des beaux voyages à travers la mémoire.

Un jour, j'ai décidé que la rédaction finale était terminée et que l'heure des adieux était venue. Rien n'est plus difficile que de mettre un point final à une histoire ou à une série d'histoires qu'on aime. C'est un adieu définitif. On ne retrouvera plus le bonheur de ces pages qui prennent vie.

À sa naissance, ce livre était la chronique d'un voyage effectué par deux amis mais le temps, la violence des bouleversements économiques et la voracité des vainqueurs en ont fait un recueil de nouvelles posthumes, le roman d'une région disparue. Rien de ce que nous avons vu n'existe plus aujourd'hui comme nous l'avons connu. D'une certaine manière, nous avons eu la chance d'assister à la fin d'une époque dans le sud du monde. De ce Sud qui est ma force et ma mémoire, ce Sud auquel je m'accroche avec tout mon amour et toute ma colère.

Voici donc les Dernières Nouvelles du Sud.

USTRAL

PUNTA ARENAS
PROVINCIA
PROVINCIA
Río Grande
TIERRA DEL FUEGO

Sur la route

Nous nous sommes mis en route sans savoir que la *quila* avait fleuri cette année-là. Cela n'arrive pas plus de trois fois par siècle et peut donc être qualifié de prodigieux. La *quila* est une variété de bambou andin qui pousse dans les ravins profonds de la cordillère. Elle résiste au vent, à la neige, au froid intense des longs hivers australs et au soleil brûlant des courts étés. Ses hampes peuvent atteindre plusieurs mètres de hauteur, elles sont dures, élastiques, et leurs feuilles d'un vert très doux égayent les paysages de la cordillère.

Les premiers habitants de la Patagonie utilisèrent la *quila* pour soutenir les peaux de guanaco de leurs tentes, les *rucas,* mais aussi pour fabriquer les lances qui freinèrent l'avance de nombreux régiments de cavalerie pendant la Conquête. Plus tard, en 1880, quand on commença à coloniser le grand territoire austral et que la presse britannique fit remarquer non pas la fragile beauté de ce monde mais son potentiel économique qui induisait « la triste nécessité d'anéantir les barbares », les lances de *quila* ajoutées aux flèches et aux *boleadoras** affrontèrent de nouveau les envahisseurs mais, cette fois, elles furent vaincues par le plomb et les arguties juridiques des usurpateurs avides de terres qu'ils n'aimeraient jamais, de richesses qui engraisseraient les banquiers d'Europe et d'un prestige que l'histoire n'a pas encore commencé à juger.

Les Indiens de Patagonie ont entretenu une longue relation avec la *quila*, non seulement pour ses avantages pratiques mais aussi pour ses vertus d'oracle infaillible et tragique. Chacune des floraisons de la *quila* a annoncé des temps de douleur et de désolation. Sa fleur est d'un rouge intense et prémonitoire et les Tehuelches calculaient leur âge en fonction du nombre de fois où ils l'avaient vue fleurir. Ceux qui avaient assisté plus de deux fois à ce prodige avaient certainement beaucoup de choses à raconter autour des grands feux de bois.

Aujourd'hui, il reste très peu de Tehuelches et de Mapuches en Patagonie. Ce sont des survivants qui, passionnément attachés à leur dignité, ont décidé de ne plus être un sympathique détail ethnique pour distraire les touristes, ils vivent sur les deux versants de la cordillère des Andes et développent une formidable culture de résistance et de mémoire. Les autres ethnies ont succombé aux règles d'un progrès dont nul n'est capable de définir les fruits, et il n'en reste que des souvenirs ou des témoignages réunis par des chercheurs dont le travail est soumis au contrôle des préjugés et de la suspicion. Il est très difficile d'écrire

* Lassos à boules.

l'histoire des vaincus mais la *quila* est toujours là, elle pousse dans les gorges et les hivers l'unissent au destin errant des gauchos pauvres.

Quand le mois de mars écourte les jours, les outardes traversent le ciel pour fuir les rigueurs de l'hiver et le vent fait tourbillonner les nuages dans les vallées, alors les gauchos regroupent les troupeaux pour les emmener vers la cordillère où ils passeront l'hiver. Les bovins sont rares dans ces terres pauvres où les guanacos ont brouté les premiers avant qu'elles ne soient piétinées par des milliers de moutons à l'âge d'or de la laine.

Sur les flancs de la cordillère, ils abandonnent les animaux dans la cannaie, protégés du vent glacé par les versants de la montagne. Très vite il commence à neiger et, plus le volume de neige augmente sur les bambous, plus ils plient sous son poids et se courbent, formant ainsi des étables naturelles. Sous ce toit de roseaux et de neige, les animaux se nourrissent de feuilles de *quila,* une riche source nutritive qui les sustente jusqu'au prochain printemps, boivent dans les flaques formées par l'eau qui tombe goutte à goutte et se chargent eux-mêmes d'éviter l'asphyxie en écartant les tiges afin de permettre l'évacuation du méthane de leurs déjections. En septembre, les gauchos reviennent et les ramènent dans les vertes vallées de l'été, les tendres et gras pâturages, l'euphorie de l'accouplement, la terrible sélection entre ceux qui resteront en vie et ceux qui succomberont sous les serres acérées et dévastatrices du condor, les dents du puma, ou qui parfumeront la vie des hommes avec leurs savoureuses grillades.

Et la *quila* continuera à pousser dans les ravins, à enfoncer profondément ses racines dans le sol enrichi par les déjections du bétail.

L'année où mon *socio* et moi avons pris la route, la *quila* a fleuri pour la dernière fois. Ses rouges fleurs de mauvais augure ont rougi la Patagonie andine et on n'a pas eu besoin d'attendre longtemps pour savoir de quel côté venait le malheur.

Anaya Enea

Quand ma grand-mère Susana mettait l'énorme table sous la treille de la maison familiale, elle veillait à la symétrie des verres et à la fraîcheur des fleurs ; les citrons exhalaient leur arôme et les serviettes brodées étaient les drapeaux de bienvenue de son *anaya enea*. Alors elle attendait fièrement devant la porte l'arrivée des enfants, petits-enfants et conjoints. Sa langue basque, jamais oubliée, était pleine de mots magiques comme *anaya enea*, « le lieu où se réunissent les frères ». C'est ce que Buenos Aires représente pour moi.

Je m'y trouvais alors que le ciel explosait et qu'un orage d'été se laissait tomber sur la ville la plus dynamique d'Amérique latine. L'air avait l'odeur des jacarandas chantés par Susana Rinaldi, le ciel ouvrit sans pudeur ses écluses et l'eau prit possession des rues. Mais la matinée était belle comme l'étaient les *porteñas* pressées sous l'averse qui collait les vêtements à leurs corps, leur offrant ainsi une seconde peau suggestive et tentatrice. Les nuages déversaient de l'eau et les journaux accrochés dans les kiosques vomissaient le nom d'un nouveau héros de l'humanité.

Warren Christopher, alors secrétaire d'État nord-américain et porte-parole du Fonds monétaire international – l'un ne va pas sans l'autre –, déclarait que Domingo Cavallo, ministre argentin de l'Économie, champion du néolibéralisme, trafiquant d'armes – l'un ne va pas sans l'autre – responsable, d'une tragédie qui commençait à se tramer et finirait par ruiner le pays, était le nouveau héros de l'humanité.

Nous manquons de héros, a affirmé Louis Althusser, au bord de l'abîme de la folie.

Il y a trop de héros, a déploré Walter Benjamin au bord du suicide.

L'héroïsme en gros titres, les mérites supposés étalés sur deux colonnes, les honneurs rédigés sur un chèque en blanc, les louanges aux enchères sont détestables. Pour conjurer le danger qui s'annonce chaque fois que les Nord-Américains parlent de liberté, de Dieu ou d'héroïsme, je me suis adonné à ce que je sais faire de mieux, à savoir perdre mon temps.

Pour cela, il n'y a rien de mieux qu'une simple démonstration de logique, se dire, par exemple, « les billets de train sont vendus dans les gares » puis d'aller vérifier cet axiome même si ça a l'air d'un pléonasme.

J'ai tout d'abord téléphoné à une institution aux sigles onomatopéiques, la fiaf, Fondation de l'institut argentin des chemins de fer qui, d'après mes souvenirs, possédait le meilleur musée ferroviaire d'Amérique.

L'annuaire téléphonique de Buenos Aires proposait trois numéros sous ce sigle. À ma première tentative, une femme m'a répondu, avec des paroles aussi aimables que désolées, qu'elle avait perdu son emploi à cause de la privatisation des chemins de

fer argentins. La fondation n'avait plus ni siège, ni musée, ni téléphone ; elle était simplement venue récupérer quelques objets personnels et se trouvait là par hasard. Un homme a répondu à mon deuxième appel d'une voix indifférente. Avec un manque d'intérêt manifeste, il m'a appris qu'il était dans les anciens bureaux de la fondation pour chercher des tapis achetés aux enchères quelques semaines plus tôt, mais, a-t-il ajouté, vous pouvez obtenir tous les renseignements sur les chemins de fer argentins à la brasserie El Retiro. Tous les jeudis, les anciens employés et les cadres de la FIAF se réunissaient là pour boire un verre et parler de trains. Mon troisième appel est resté sans réponse. Un téléphone a sonné en vain dans un quelconque bureau, vide comme dans un tango.

Perdre son temps suppose également de la méthode. Pour la deuxième étape, je me suis rendu à Retiro, la gare la plus proche.

Le bel édifice suait la nostalgie. Tout Buenos Aires est recouvert d'une patine de nostalgie, mais non de mélancolie, car les temps heureux ont existé dans cette société débordante de projets, cette ville ouverte et cosmopolite, source de rayonnement culturel, a existé elle aussi, tout comme la dignité dans la pauvreté. On a la nostalgie de ce qu'on vous arrache, non de choses imaginaires.

Les azulejos délicats du hall central parlaient de longs voyages vers des destinations inconnues et la lumière irréelle créée par leurs reflets faisait naître un climat d'incertitude. Celui-là même qui devait envelopper les immigrants arrivant de tous les confins du monde pour construire une œuvre monumentale appelée l'Argentine.

Treize guichets alignés dans un espace ovale carrelé de vert, des barrières aux rampes polies par des milliers de mains, des milliers d'émotions. À l'une des extrémités du hall, sous un modeste éclairage, se dressaient les panneaux d'une exposition organisée pour célébrer les quatre-vingts ans de la gare, la commémoration d'une antiquité récente sur un continent où tout est neuf car l'antiquité des Latino-Américains commence avec nous.

Ses panneaux présentaient des plans de réseaux ferroviaires, la reproduction du catalogue de la firme anglaise qui avait fourni les carreaux de Málaga et les azulejos portugais. Et, au milieu de tout cela, une absence :

Pendant presque quatre-vingts ans, on pouvait voir ici la maquette de la locomotive à vapeur « 191 » appartenant au chemin de fer central argentin de l'époque. Le modèle original détient encore le record de vitesse pour un train de ligne remporté par le légendaire machiniste Francisco Savio. Le modèle réduit était devenu le symbole de la gare du Retiro, avec ses roues, ses bielles et son mécanisme de transmission qu'on pouvait actionner en glissant une simple pièce de monnaie. Mais la « 191 » n'a pas pu fêter les quatre-vingts ans de la gare car elle n'est plus là, on l'a vendue, on l'a volée, son modèle réduit a lui aussi disparu. À la suite de son déracinement, le mécanisme qui faisait l'admiration des milliers d'enfants dont vous avez sûrement un jour fait partie, ne fonctionne plus. On a refusé de lui laisser retrouver sa place historique, même de façon temporaire. Nous ne renoncerons pas : là où il y a des trains, il y a de la vie.

Fondation de l'institut argentin des chemins de fer.

J'ai été de ceux que la « 191 » a émerveillés. Quand j'étais enfant, tous les ans à la fin de l'été, ma famille se rendait de Santiago du Chili à Buenos Aires. C'était un long voyage dans un train qui gravissait la cordillère des Andes jusqu'au premier grand arrêt, le poste-frontière Cristo Redentor. À presque quatre mille mètres d'altitude, tout le monde descendait pour remplir les formalités douanières et le pouvoir de ces mots gravés dans le granit me faisait trembler d'émotion : « Ces montagnes disparaîtront avant que Chiliens et Argentins ne rompent leurs liens fraternels. »

La destination finale, c'était Once, le quartier juif où nous achetions des vêtements pour le dur hiver de Santiago et des livres, beaucoup de livres. Quand la nuit tombait sur Buenos Aires, dans un hôtel de la rue Suipacha, on se plongeait, mon frère et moi, dans les joyaux des éditions Billiken et les bandes dessinées de Patoruzú pendant que nos vieux mettaient leurs plus belles nippes pour aller danser le tango.

À l'aller comme au retour, la première chose que je faisais en arrivant à la gare du Retiro, c'était de glisser de la menue monnaie dans la machine pour activer le prodigieux mécanisme de la « 191 » et mettre en mouvement ses muscles d'acier. J'ai rêvé et je rêve encore de cette machine. Je ne sais pas si je suis courageux mais je n'ai pas peur de la mort car, dans mon esprit,

elle est toujours associée à cette vieille locomotive. Elle m'attend sur un quai désert, je glisse mes dernières pièces dans la rainure, les bielles commencent à se mouvoir, elle lâche des jets de vapeur, je monte sans regarder en arrière et je m'en vais. C'est tout.

À l'autre bout du hall central, des mains modernes avaient dressé un insolent cube d'acier et de verre portant un écriteau «Accueil des clients» car, pour les privatiseurs, ces nouveaux héros de l'humanité, le mot voyageur semble déplacé, peut-être subversif. Nous ne sommes plus des personnes ou des citoyens mais les clients d'un lupanar transparent surveillé par des caméras vidéo. À l'intérieur, pas de femmes mais des poupées en silicone qui ne fument pas, ne boivent pas, ne chantent pas, et les maquereaux n'exhibent plus d'orgueilleuses cicatrices mais des diplômes de l'école de Chicago.

Dans le cube, un vieillard essayait de se faire comprendre par un jeune employé plein d'indifférence.

– Quarante-cinq ans. J'ai travaillé quarante-cinq ans pour les chemins de fer, tu comprends ?

– Qu'est-ce que vous voulez que j'y fasse. Les choses ne sont plus comme avant, les trains ont été privatisés.

Le vieux s'accrochait à un papier plastifié, un noble document attestant de son droit à un tarif réduit en tant que retraité du rail. Je l'ai vu sortir abattu, incapable de comprendre. Ce vieux aurait parfaitement pu être Francisco Savio, le machiniste mythique détenteur du record de vitesse pour un train de ligne. Ce vieux était l'un des vaincus du nouveau héros de l'humanité.

Quand mon tour est arrivé, le jeune employé s'est justifié :

– Les gens ne veulent pas comprendre que le pays s'est modernisé.

– À quelle heure part le prochain train pour la Patagonie ?

De la stupeur causée par la question, je l'ai vu passer à un terrible effort mental, réfléchir en prenant un air constipé pour se rappeler la réponse indiquée dans le manuel consacré au traitement des clients, lequel, en ces temps d'adaptation au néolibéralisme, se résume à un seul commandement : le client ne sait jamais ce qu'il veut.

– Tu trouveras ça à « l'organisme », m'a-t-il répondu, visiblement mal à l'aise.

« Organisme », un mot terrible associé à un autre encore pire : nuisible.

Après avoir vérifié qu'il s'agissait de l'organisme en charge du réseau ferroviaire, je me suis dirigé vers le croisement des rues Libertador et Ramos Mejía. Il pleuvait toujours, des éclairs zébraient le ciel et, tout trempé, je me suis retrouvé devant le réceptionniste du vieil immeuble des chemins de fer argentins, un type à l'air débonnaire qui ne pouvait cacher l'accent chantant des natifs de Salta et qui m'a écouté en hochant la tête avec compréhension.

– Je ne sais quoi te dire, mon p'tit. Ils sont fous à l'université, quelle idée de te faire prendre le train pour aller en Patagonie ! Et après ça on s'étonne que les jeunes abandonnent leurs études.

L'homme avait de sérieux problèmes de vue mais je lui étais reconnaissant de m'avoir enlevé quelques

années en me prenant pour un étudiant. D'un air de martyr je lui ai répété que je devais aller en Patagonie par le train.

Il a soupiré, soucieux et solidaire.

– Tu sais ce qu'on va faire ? Tu me laisses ton nom, je te donne cette carte de visite, tu montes au neuvième étage et tu cherches quelqu'un pour te renseigner.

Pourquoi le neuvième étage ? J'ai pris l'ascenseur avec la certitude que cette question m'accompagnerait jusqu'à la fin de mes jours. Il y a des gens qui, en toute innocence, se chargent d'entretenir l'incertitude qui nous maintient en vie. Pendant la montée, je me suis souvenu d'un vieux professeur chilien qui avait l'habitude de s'écrier : « Il fait froid mais pas autant que dans le lit de Domitila. » Je lui avais demandé un jour ce que cela voulait dire et il m'avait répondu que c'était un vieux proverbe cervantesque. Au fil des années, j'ai lu la totalité des œuvres de Cervantès, consulté de nombreux dictionnaires de proverbes en plusieurs langues sans jamais y trouver la moindre référence au lit de Domitila.

Au neuvième étage, je me suis retrouvé dans la triste ambiance des déménagements. Des employés rangeaient des dossiers dans des cartons, d'autres fumaient en regardant tomber la pluie, d'autres encore s'affairaient dans les bureaux vides ou regardaient les murs avec des têtes de veufs. En essayant de ne pas déranger, j'ai parcouru les couloirs à la recherche d'un mot susceptible de guider mes pas, quelque chose comme austral, Sud, bout du monde, jusqu'au moment où je suis arrivé devant une porte portant le mot « secrétariat ».

J'ai frappé plusieurs fois. Comme je n'obtenais pas de réponse, je suis entré et je suis tombé sur une fille vraiment attirante, un téléphone collé à l'oreille. Avec une moue de coquetterie bien étudiée, elle parlait à un certain Felipe qui semblait insister pour l'inviter. Elle lui répondait qu'aujourd'hui c'était impossible, demain aussi, peut-être en fin de semaine. J'ai fait mine de ressortir mais elle m'a arrêté d'un geste.

– Attends une minute, Felipe, a-t-elle dit avant de m'accorder son attention.

– Je voudrais savoir où on prend le train pour la Patagonie, lui ai-je balancé avec un sourire impeccable.

Son regard bleu a montré des signes de tristesse. Le téléphone s'est alangui dans sa main ornée de bagues et de bracelets.

– Le type du service d'accueil de Retiro m'a dit que vous êtes l'organisme, ai-je rajouté avec innocence.

Magie, secrets, mystères insondables du fonctionnariat, le fait est que mes paroles l'ont émue et elle a consulté Felipe.

– Il vous faut aller au 250 de la rue Hipólito Irigoyen, douzième étage, porte 1210, dans les bureaux de la Commission nationale du trafic ferroviaire. C'est l'immeuble du ministère de l'Économie et il se trouve en face de la Casa Rosada, m'a-t-elle dit avec une satisfaction pédagogique.

J'ai insisté :

– Felipe en est bien sûr ?

Ses bracelets ont tinté quand elle a branché le haut-parleur du téléphone pour me faire entendre le « oui » catégorique de Felipe. Fortiche, le Felipe.

Dans la maison du nouveau héros de l'humanité, douzième étage, bureau 1210, j'ai été reçu par une sexagénaire blonde qui a aussitôt refilé le bébé à un ingénieur des chemins de fer qui passait par là par hasard et devait sûrement concentrer ses pensées sur les bienfaits d'un bon bifteck car il était midi ; il m'a néanmoins invité à le suivre dans son bureau où il m'a demandé entre des montagnes de plans en quoi il pouvait m'aider.

– Je voudrais savoir où prendre le train pour la Patagonie, ai-je répété pour la dernière fois.

– On donne cette information à Retiro. Il y a là-bas un service d'accueil pour les clients, m'a-t-il dit en me jetant un regard incrédule.

J'ai quitté le repaire du héros avec un goût de triomphe dans la bouche. Les privatiseurs, les modernisateurs, les vainqueurs avaient le pouvoir et l'argent, leurs satellites et leurs caméras vidéo leur permettaient d'être sûrs de tout contrôler mais quelque chose leur échappait : ils ne savaient pas comment franchir la barrière entre l'égoïsme élevé au rang d'esthétique de la misère et un monde où les gens continuaient d'accepter l'incertitude non comme une malédiction mais comme la force motrice qui permet d'approcher ces petites certitudes dont la somme constitue la base primordiale de l'existence.

Les vainqueurs ignoraient comment on se rendait en Patagonie mais moi je le savais et ils ignoraient aussi qu'au bord du Río de la Plata il y avait beaucoup plus qu'une ville à vendre.

BAR

Le cœur de ma mémoire

Nous avions décidé de dîner à l'Edelweiss car nous nous amusions parfois à trahir l'inventaire des pertes qui nous servait de prétexte pour arpenter Buenos Aires jusqu'au petit matin. L'endroit, jadis plein à craquer de clients bruyants, était presque vide mais, malgré la crise, les raviolis au *tuco*[*] avaient su garder leur saveur habituelle. Nous avons dîné, bu une bouteille de vin rouge et, au moment du café, Enrique Pinti, l'histrion, l'humoriste le plus caustique d'Amérique latine et, de ce fait, le plus dangereusement subversif, est venu se joindre à nous. Pourtant, cette machine à paroles ingénieuses et mordantes n'a pratiquement pas ouvert la bouche ce soir-là et son silence s'est ajouté à celui des deux garçons venus écouter ce que racontait Osvaldo Soriano.

Il venait de publier *L'Heure sans ombre*, son dernier livre, et nous disait que certains romans mettent leur auteur à l'abri pendant leur écriture, il en résulte une lutte entre la tentation de la prolonger

* Sauce tomate très relevée.

et l'honnêteté de l'écrivain qui déteste les ficelles stylistiques et les rallonges superflues.

– Et il y a d'autres romans, ajoutait Soriano, qui prennent l'écrivain au piège, s'insurgent contre la fin nécessaire et le conduisent vers certains abîmes dont il vaut mieux ne pas s'approcher.

– Comme la vie, a estimé l'un des garçons.

– Ni plus ni moins, a confirmé Soriano, car dans le conglomérat de croyances qui constituent la foi d'un écrivain, il y en a une en laquelle je crois tout particulièrement : celle qui nous avertit du danger de confondre la vie qui coule au fil des pages d'un livre avec l'autre, celle qui bouillonne de l'autre côté de sa couverture. Lire ou écrire, c'est une façon de prendre la fuite, la plus pure et la plus légitime des évasions. On en ressort plus forts, régénérés et peut-être meilleurs. Au fond, et malgré tant de théories littéraires, nous autres écrivains nous sommes comme ces personnages du cinéma muet qui mettaient une lime dans un gâteau pour permettre au prisonnier de scier les barreaux de sa cellule. Nous favorisons des fugues temporaires.

Nous sommes sortis de l'Edelweiss et, comme toujours, nous avons marché sans but dans les larges avenues de cette ville qu'on peut aimer ou détester. De temps à autre, les propriétaires de kiosques à journaux ou les serveurs de brasseries arrêtaient mon ami.

– C'est bien, Soriano. Continuez comme ça, Soriano. On t'aime, Soriano, lui disaient-ils, et moi j'étais fier de mon ami qui, timide comme à son habitude, murmurait des mercis tout en rongeant le reste

70
RETIR
POMPEY
Subte
RETIRO
70

MIRTA
10-6-76

EDUARDO
6-6-76

du havane qui se désagrégeait entre ses dents. Depuis que le médecin lui avait interdit de fumer, chaque matin – les matins de Soriano commençaient à cinq heures de l'après-midi – il achetait un Montecristo et le rongeait peu à peu avec des gestes de castor patient.

On marchait en parlant d'amis absents, de fantômes aimés, de livres de voyages, surtout de ceux qui n'avaient pas été écrits avec un polaroïd mais avec l'encre indélébile coulant des artères du souvenir des perdants d'hier, d'aujourd'hui, de toujours. On entrait dans une brasserie, on s'installait à une table, près d'une fenêtre, et on continuait à bavarder en suivant un rituel jamais établi mais rigoureusement respecté. Sur ordre du médecin, Osvaldo ne pouvait pas boire plus d'un petit verre de vin au repas ; aussi, après avoir commandé deux whiskys et une eau minérale, je lui demandais au bout d'un moment si je pouvais boire le sien.

– Tu me casses les pieds. C'est le troisième whisky que tu m'enlèves des mains, grognait Soriano.

Vers quatre heures du matin, on s'est retrouvés dans un bar dont l'air triste nous avait séduits. Néons, comptoir, tables et chaises faites de métal et d'une matière effrayante dont je ne sais et ne veux pas savoir le nom. On s'est assis à une table, on a commandé de l'eau minérale et deux whiskys et, alors que nous commencions à développer une théorie sur la description magistrale des lumières intérieures dans les romans d'Eric Ambler, le seul client installé au comptoir s'est approché de nous.

C'était un type grand et costaud, sur ses bras musclés une ancre tatouée trahissait un passé de marin.

Il avait pas mal bu mais gardait un pas assuré. Il nous a demandé une cigarette et je lui ai tendu mon paquet de Particulares. Il en a pris une. Il a essayé de l'allumer mais, incapable de coordonner les mouvements de ses mains, il n'a pas réussi à frotter le soufre contre la bande de papier de verre de sa boîte d'allumettes et je lui ai donc également offert du feu.

– J'ai dit aux gars que ce n'était pas bien, qu'on allait trop loin, a-t-il bafouillé en guise de remerciements et il n'a rien pu ajouter car un des garçons lui a donné l'ordre de nous laisser tranquilles.

– Il voulait seulement une clope, lui a dit Soriano.

– Quelquefois il se conduit comme un con et fait peur aux clients, a ajouté le garçon.

Le type est retourné au comptoir, a commandé un verre qu'on lui a servi de mauvaise grâce puis s'est pris la tête à deux mains. Il se tirait violemment les cheveux, visiblement désireux de se faire mal puis passait avec insistance une main devant ses yeux comme pour éloigner une chose qu'il était seul à voir.

– Ce mec est givré, a commenté Soriano.

Le serveur lui jetait de temps en temps un regard méfiant et le type poursuivait son curieux rituel : se tirer les cheveux, chasser des bestioles et regarder en direction de la porte d'un air effrayé. À un certain moment il a fouillé dans ses poches et, n'ayant pas trouvé les cigarettes qu'il cherchait, il est revenu à notre table.

Je lui ai montré mon paquet et l'ai invité à s'asseoir. Il a accepté, s'est installé maladroitement sur la chaise, a allumé une clope et a repris le laïus que le garçon avait interrompu.

– J’ai dit aux gars que ce n’était pas bien, mais ils ne m’ont pas écouté, ils m’ont dit, si tu recules maintenant, tu reculeras toujours…

– Des durs à cuire, ces gars, a remarqué Soriano.

– La vie leur a fait la peau dure, à moi aussi, mais on est allés trop loin, et je l’ai dit aux gars…

Pas besoin d’être Eric Ambler pour savoir que ce mec avait des choses sales sur la conscience. Il tirait longuement sur sa cigarette, ses yeux vitreux ne nous regardaient pas, toute son attention était concentrée sur un point immonde, un pan terrible et nauséabond de l’histoire récente, ce que Conrad a appelé le cœur des ténèbres.

– Joli tatouage, lui ai-je dit pour l’inciter à continuer.

– Oui. Je l’ai fait faire quand j’étais dans la Marine. Je n’aurais jamais dû quitter la Marine mais les gars m’ont appelé…

– Vous vous êtes battu dans les Malouines ? a demandé Soriano.

– Non. J’avais autre chose à faire, d’autres occupations, c’est là que j’ai connu les gars. On est allé trop loin, il y a eu trop de morts…

Cortázar a dit que chercher des histoires est une absurdité, car ce sont elles qui, tapies, cachées, attendent patiemment l’écrivain qui aura la mission de les écrire. Soriano et moi en étions fermement convaincus mais nous n’avions jamais pensé qu’une histoire nous choisirait tous les deux, qu’elle nous attendrait dans un bar pauvrement éclairé. On ne voulait pas de cette histoire pleine de merde, d’infamie, mais elle était là, vomie à gros bouillons par cette ordure. Il connaissait le cœur des ténèbres et nous invitait à y pénétrer.

– Alors, comme ça, vous avez été trop loin, l'a aiguillonné Osvaldo pour que le type continue à parler.

– Beaucoup de morts, plus de quatre-vingts. Moi, je n'ai rien contre les juifs, ils ne m'ont jamais fait de mal…

La loque humaine a été interrompue par l'arrivée de trois hommes, trois quadragénaires qui se sont dirigés d'un pas ferme vers notre table. L'un d'eux n'arrivait pas à dissimuler le revolver glissé sous son blouson de cuir.

– Viens avec nous, Cacho, on va boire un coup ailleurs, a dit l'un d'eux.

– Il vous embêtait avec ses conneries ? a demandé un autre.

– Il nous a demandé une cigarette. On lui a dit de s'en aller mais il n'a pas eu l'air de nous entendre, a répondu Soriano.

– Excusez-le. C'est un con de première.

Et ils se sont mis à deux pour lui faire quitter notre table.

– Il doit quelque chose ? a crié celui qui avait l'air d'être aux commandes.

– Rien. Mais qu'il ne remette plus les pieds ici, a répondu le serveur.

Ils sont sortis. Devant le bar, une voiture les attendait, moteur en marche. Osvaldo a bu une gorgée d'eau, a fait la grimace et craché quelques filaments de Montecristo.

– Fils de pute.

J'ai demandé l'addition, nous avons payé et puis nous avons marché en silence. On aime Buenos Aires ou on la déteste, il n'y a pas de moyen terme.

Soriano a murmuré :

– On doit penser la même chose, je suppose.

Il avait raison. Nous pensions à la tragédie de l'AMIA.

Le 18 juillet 1994, à neuf heures et cinquante-trois minutes, une bombe avait éclaté dans la maison de la communauté juive de Buenos Aires. Cet attentat terroriste avait fait quatre-vingt-six victimes. Des Argentins, des Chiliens, des Boliviens. Le gouvernement de Menem avait tout fait pour saboter l'enquête et, après un show scandaleux de témoignages fabriqués par la police, de fausses pistes turques ou iraniennes, vingt hommes ont été jugés, dont quinze faisaient partie de la police de Buenos Aires, que Duhalde, le gouverneur de la ville, avait qualifiée de meilleure police du monde.

Peut-être avions-nous côtoyé un de ces criminels, peut-être le hasard avait-il voulu que ce débris humain s'asseye à notre table pour bredouiller les lambeaux d'une histoire occultée dont on ne connaît les détails que dans les égouts du pouvoir. Qu'aurions-nous pu faire ? Ce qu'osent faire certains de nos personnages ? Eux peuvent prendre leur revanche, nous venger et venger tous ceux qui gardent en eux la sainte colère des vaincus, des trahis, c'est vrai, mais ces vengeurs de papier sont naïfs, dans leurs veines coulent des fleuves d'encre et c'est précisément pour cette raison qu'ils sont décents.

1492
626
640
MANUEL OCAMP

Nous avons continué notre promenade comme ce que nous étions : deux hommes, deux écrivains profondément amoureux de la vie. Au croisement des rues Santa Fe et Paraná, Soriano a dit :

– Réfléchissons calmement, on en reparlera à ton retour.

Comme toujours nous nous sommes donné une accolade fraternelle, prends soin de toi, toi aussi, appelle-moi dès que tu reviens, à bientôt mon vieux, à bientôt.

L'ascenseur m'a laissé devant la porte de la cuisine de Zulema et Jaime. Je suis entré dans leur appartement et j'ai couru jusqu'au balcon donnant sur la rue Santa Fe. Quelque chose d'indéfinissable, un besoin impérieux dicté par la vie même m'ordonnait de vérifier pour la dernière fois la présence du plus cher de mes frères.

Osvaldo Soriano se dirigeait à pas lents vers Callao, il s'est arrêté pour saluer un vendeur de journaux, s'est penché un peu plus loin pour caresser un chat de gouttière puis a continué à s'éloigner, à s'éloigner jusqu'à ce que sa silhouette se perde sous les arbres, jusqu'à ce qu'il ne reste plus de lui qu'un souvenir inoubliable, définitif, têtu, incombustible, installé pour toujours dans le cœur de ma mémoire.

El Tano[*]

Notre destination était El Maitén car c'était le point de départ de « La Trochita[**] » dans son voyage jusqu'à Esquel. Le jour venait de se lever quand nous avons laissé derrière nous la côte orientale du lac Lezana qui, au grand bonheur de Pedro Cifuentes – Pedro Patagonia pour les amis –, de ses fées et de ses lutins des bois, ne figurait pas encore sur les cartes. La journée s'annonçait froide et diaphane, les oiseaux matinaux chantaient, les écureuils fronçaient le nez avec des airs de petits aristocrates poilus et le toc-toc incessant des piverts nous saluait d'un roulement de tambour.

Il n'y avait pas un seul nuage dans le ciel patagon. Nous pensions faire environ six heures à petite allure, arriver jusqu'aux environs du lac Cholita et nous reposer pendant les heures de grand soleil, d'une chaleur infernale depuis que le trou dans la couche d'ozone se trouve au-dessus du monde austral. Nous avions du maté et des cigarettes en

* Le Rital.
** Nom affectueux donné au vieux Patagonia Express.

PRIVADO

quantité suffisante, un thermos d'eau chaude et un paquet de galettes frites offertes par la mère de Pedro Patagonia. La journée s'annonçait superbe, le vent n'arrêtait pas de souffler, le réservoir d'une Renault blanche sponsorisée par un concessionnaire de la firme française était plein et le moral au beau fixe.

Nous avancions lentement sur une route de graviers car, selon la devise des Patagons, se hâter est le plus sûr moyen de ne pas arriver et seuls les fuyards sont pressés. De plus, nous devions de temps en temps faire une halte, descendre de voiture, ouvrir et refermer les barrières destinées à maintenir le bétail d'un côté ou de l'autre des fils barbelés. Elles s'ouvrent facilement mais les refermer demande un certain temps, avant de comprendre les curieux mécanismes inventés par les gauchos. Dans ces moments-là, on a l'impression d'entendre les vanneaux croasser de façon plutôt sarcastique. Le corbeau d'Edgar Poe répétait « jamais plus », les vanneaux ne sont pas des corbeaux mais, alors que je refermais la barrière du mauvais côté, je les ai parfaitement entendus me traiter de connard du haut d'une branche.

Après avoir franchi le dernier obstacle, nous sommes arrivés sur la route, elle aussi de graviers, qui conduit à Cholila. Mon *socio* vérifiait son Leica même s'il n'y avait pas grand-chose à photographier. Au nord, au sud et à l'est s'étendait la steppe clairsemée de la Patagonie et, à l'ouest, les verts et lointains versants de la cordillère. Des faucons, sérieux comme des curés de village, nous regardaient passer du haut du poteau télégraphique qui leur servait de poste d'observation et ils se sont envolés dès que mon *socio* a brandi son appareil.

Avec ou sans nuages, le ciel patagon semble toujours bas, il cesse d'être l'immense voûte céleste des autres latitudes et écrase le voyageur. Au cours d'un précédent voyage, alors que je chevauchais aux alentours de Río Mayo, j'ai croisé un gaucho venant en sens inverse. À vrai dire, on ne peut pas parler de rencontre car le cavalier dormait, mais les chevaux se sont arrêtés face à face pour nous rappeler les coutumes humaines. L'immobilité l'a réveillé en sursaut, il a ouvert les yeux et m'a salué :

– Comment ça va, l'ami ?

– Bien et vous ?

– Comme vous voyez, entre le ciel et la terre, m'a-t-il dit avant d'éperonner son cheval.

Effectivement, dans la steppe patagone on est entre ciel et terre. Ajouté à l'uniformité de la plaine cela permet de tout voir, objet ou détail, aussi loin soit-il, et tout prend un caractère inédit, extraordinaire.

Comme la voiture était équipée d'un lecteur de cassettes et que nous en avions une de Jorge Cafrune, nous avons parcouru les trente premiers kilomètres en chantant à pleins poumons « l'Uruguay n'est pas un fleuve, c'est un ciel bleu qui passe » sans nous soucier du vent qui changeait d'humeur et commençait à souffler en rafales, secouant le véhicule et soulevant des rideaux de terre sur son passage. Nous regardions le chemin solitaire où nous n'avions croisé aucune autre voiture, aucun être vivant, humain ou animal, jusqu'au moment où nous avons vu quelque chose apparaître dans le nuage poudreux qui brouillait l'horizon.

Un homme marchait dans notre direction. Nous sommes arrivés à sa hauteur. Il était jeune et avait de longs cheveux noirs, une grosse moustache au-dessus d'un sourire amical et des lunettes de motard pour protéger ses yeux de la poussière.

Mon *socio* a baissé la vitre et l'a salué d'un « bonjour l'ami » auquel il a répondu avec un sourire « je l'espère bien ».

– Vous allez dans quelle direction ?

– Droit devant, comme presque tout le monde, a-t-il répondu.

– C'est d'une logique écrasante, a commenté mon *socio*, et nous l'avons regardé avancer. Il se déplaçait avec aisance, comme s'il savourait tout particulièrement cette marche dans le vent et la poussière. De temps en temps, il mettait sa main en visière au-dessus de ses lunettes pour scruter l'horizon. Nous l'avons de nouveau rattrapé :

– Vous cherchez quelque chose ?

Il s'est arrêté, a relevé ses lunettes protectrices et nous a longuement observés avant de répondre :

– Je cherche un violon.

Pourquoi pas ? Quoi de plus sensé que de chercher un violon au beau milieu de la steppe ? S'il nous avait répondu qu'il cherchait une aiguille on en aurait déduit qu'il s'agissait d'un ermite qu'il valait mieux laisser tout seul, mais un violon est une métaphore de la douceur ou de la tristesse, aussi nous lui avons répondu que nous n'en avions vu aucun sur les trente derniers kilomètres.

– Ça ne m'étonne pas mais je vais le trouver. Qui cherche trouve, a-t-il déclaré.

Nous avons donc laissé la voiture au bord du chemin pour l'aider dans ses recherches.

Après avoir parcouru environ deux kilomètres sans échanger un mot au milieu de l'épouvantable nuage de poussière, en écoutant le sifflement du vent et aussi celui de l'inconnu dont le répertoire passait des chansons de Silvio Rodríguez à la *Cavalleria rusticana*, nous en sommes arrivés à la conviction que chercher un violon dans ces conditions était particulièrement difficile. Nous avons vu des moutons, des vanneaux, encore des moutons, des touffes de *calafate* mais rien qui ressemble à un instrument à cordes. Néanmoins le sourire du gars restait inaltérable comme l'ardeur avec laquelle il poursuivait ses recherches.

– Ce violon, quand l'avez-vous perdu, l'ami ?

– Qui vous a dit ça ? Je ne peux pas l'avoir perdu puisque je ne l'ai pas encore trouvé, déclara-t-il dans une nouvelle démonstration de logique écrasante.

Nous avons continué à chercher le violon en marchant les yeux mi-clos pour éviter la poussière qui s'introduisait partout mais ne gênait pas notre homme protégé par ses lunettes.

– Vous avez un nom ? a demandé mon *socio*.

– Bien sûr. Je porte un nom comme tout le monde mais on m'appelle El Tano parce que mon vieux était italien. Il venait de Calabre. Bon, si vous ne voulez plus continuer à chercher, personne ne vous oblige à m'accompagner.

Il n'est pas juste de contredire un homme attelé à une tâche aussi sérieuse que celle de trouver un violon au sud du 42e parallèle, aussi avons-nous poursuivi notre lente progression. Vent, poussière, vent toujours et encore. De temps en temps, mon *socio* et moi échangions un regard et, sans un mot, décidions « encore deux kilomètres et on retourne à la voiture » jusqu'au moment où le type a pressé le pas, nous obligeant d'abord à trotter puis à courir vers un tas de bois amoncelé au milieu de la steppe. C'étaient des piquets, des branches sèches, des traverses de chemin de fer, le tout dressé comme une sorte d'énorme bûcher. À en juger par la poussière qui le recouvrait, ce bois était là depuis assez longtemps.

El Tano a ôté son blouson et a commencé à mettre de côté des bouts de bois. Il enlevait la poussière, les humait, les frappait en les approchant de son oreille jusqu'au moment où il a saisi un morceau de traverse et lui a accordé une attention particulière en le frappant avec un minuscule marteau d'argent. Après quoi il a enlevé ses lunettes et l'a serré dans ses bras, les yeux humides d'émotion.

– On l'a trouvé, les gars ! Je le cherchais depuis des mois, a-t-il crié, tout excité, et il nous a donné l'accolade, et nous en avons fait de même pour fêter la trouvaille.

La pièce de bois devait peser près de soixante-dix kilos et, à tous les trois, nous l'avons transportée jusqu'au chemin. Indifférent à l'effort, El Tano n'arrêtait pas de bénir sa chance. Pendant le transport, il nous a expliqué que le hasard n'avait rien à voir dans cette affaire car il savait que pour construire les voies du vieil express les Anglais ne s'étaient pas contentés d'abattre les arbres des grandes forêts de la Patagonie andine, ils avaient également utilisé

des bois importés des Indes. Des bois fins, nobles, des bois faits pour la musique, assurait le Rital.

Arrivé sur le chemin, mon *socio* lui a demandé comment il comptait transporter un morceau de bois aussi lourd.

– Il passera bien un camion ou une charrette. Je ne suis pas pressé, a-t-il répondu sans cesser de caresser son trésor.

– Si tu veux, je peux aller chercher la voiture, ai-je dit.

– Super, les mecs ! Vous nous emmenez à la maison et moi je mets un agneau sur le gril pour vous remercier de m'avoir filé un coup de main.

Nous n'oublierons jamais El Tano, assis sur le siège arrière, regardant avec tendresse le morceau de bois, le flattant et lui prédisant un avenir très doux entre les doigts fuselés d'une musicienne blonde.

Au bout de quatre heures de route nous sommes arrivés devant le panneau « Cuesta del Ternero, 5 km ». De là partait un sentier qui nous a conduits jusqu'à une grande maison de bois, peinte en ocre.

– On est arrivés. Bienvenue, les gars !

Nous sommes entrés dans une maison-atelier impeccablement rangée. À un bout de la pièce, derrière une grande table de travail sur laquelle on pouvait voir une contrebasse maintenue par des serre-joints et des bandes de caoutchouc, les ustensiles et les outils nécessaires à un travail aussi noble qu'ancien étaient alignés. Tout près, des récipients en terre affichaient sur leurs étiquettes des noms évoquant l'alchimie ou tout autre art médiéval perdu : aloès, térébenthine, gomme arabique, sang de dragon, âme de mer.

– Un peu de musique, les gars ? a demandé El Tano et Vivaldi a aussitôt résonné au sud du 42e parallèle.

El Tano était luthier ; il était arrivé en Patagonie en 1980 avec la certitude de trouver dans les forêts andines les bois nécessaires à la fabrication de merveilleux instruments à cordes. Il avait alors vingt ans et fuyait l'horreur que la dictature faisait régner à Buenos Aires. Il avait fait ses classes en Patagonie au milieu des arbres vivants et des forêts en ruine, sacrifiées au nom d'un progrès qui avait profité à quelques éleveurs avant de disparaître sans explication. Il connaissait tous les secrets de la croissance des troncs, les effets du vent sur le séchage, les moindres possibilités sensuelles et acoustiques contenues dans les canaux de la sève, l'effet bénéfique de certains champignons sur l'élasticité. Dans le même temps, il avait étudié l'histoire universelle de la musique, de manière totalement autodidacte.

Sa maison-atelier, comme toutes celles croisées en chemin, n'avait pas d'électricité car le réseau n'arrivait pas encore jusqu'à ce coin du village global – et Dieu sait s'il y arriverait un jour –, mais peu lui importait. Les mains créatives d'El Tano avaient dévié un ruisseau, construit un mécanisme ingénieux pour en tirer de l'énergie lui offrant ainsi une mini-centrale hydroélectrique pour faire marcher ses machines grâce à des engrenages et à des courroies de transmission, et même d'alimenter sa chaîne stéréo.

Nous avons passé l'après-midi et la nuit chez lui. Pendant qu'il faisait dorer l'agneau, il nous a parlé de sa femme et de ses filles, qui vivaient loin de lui car personne n'avait demandé aux habitants du village

global s'ils avaient des écoles. Plus tard, entre deux matés, nous l'avons vu travailler la pièce de bois avec des rabots de bronze jusqu'au moment où il a fait apparaître un rouge flamboyant, le cœur vivant et palpitant d'un violon.

Dehors, le vent hurlait sa jalousie. À l'intérieur, El Tano nous montrait les secrets du bois, détaillait la grande résistance des veines qui donnerait la flexibilité nécessaire à la pièce déjà équarrie. Cette pièce de bois était du cèdre et deviendrait la caisse de résonance, il y adjoindrait une partie en ébène qui serait le manche de l'instrument. Puis, les forets se mettraient en action pour percer les encoches destinées à recevoir les chevilles.

Malgré le vent, nous sommes sortis fumer en regardant les étoiles. Sans accorder beaucoup d'importance à la chose, El Tano nous a confié qu'il était un luthier très connu. Il avait un contrat exclusif avec l'orchestre symphonique de Berlin pour réparer et confectionner des instruments uniques, inimitables, qui résonnaient d'abord dans la grande solitude de la Patagonie.

Le lendemain, nous sommes partis de bonne heure. Nous avons bu les derniers matés avec El Tano et puis nous l'avons laissé à son travail, à son bois, à son violon qui, un jour, distraira un esprit tourmenté ou, au contraire, fera peser plus lourdement sur lui la nostalgie latino-américaine si le musicien ressemble au « Becho » de la milonga de mon frère Alfredo Zitarrosa : *Becho veut que son violon soit un homme / qui jamais ne nomme / l'amour ou la douleur…*

Histoires de poivrots

Sur la rive de l'immense lac Nahuel Huapi, toujours au nord du 42e parallèle, se dresse San Carlos de Bariloche. C'est une belle ville touristique, si ordonnée qu'on a l'impression de se trouver dans une bourgade suisse abandonnée par erreur sous ces latitudes. Elle possède de bons hôtels, de fabuleux restaurants européens, des glaces délicieuses et une industrie chocolatière artisanale comparable à celles d'Orvieto, en Italie, ou de Waldshut dans la Forêt-Noire. C'est ce que montrent les cartes postales mais San Carlos de Bariloche est entourée d'une ceinture de pauvreté qui n'a jamais cessé de s'étendre et reste pourtant invisible pour les administrateurs de la ville.

Là, pendant les courts étés et les hivers longs et durs, survivent les « petites têtes noires » des Argentins, des Chiliens, des Chilotes et des Mapuches chargés des métiers les plus pénibles qu'ils exercent tandis que l'opulence dort, que la population aux cheveux blonds et aux yeux bleus se complaît dans l'autosatisfaction de se savoir les héritiers de ceux qui sont arrivés en bateau du vieux continent pour s'installer comme colons dans un lieu paradisiaque et inhabité. Personne

ne se demande pourquoi la toponymie est remplie de noms issus de la vieille langue des Mapuches.

San Carlos de Bariloche a un mur transparent mais compact contre lequel butent les regards bleus des habitants les plus âgés dont la plupart ont des patronymes allemands, suisses, autrichiens ou croates. Peut-être voient-ils encore les rues, les maisons en pierre de cette ville alpine enkystée au sud du monde, couverte de drapeaux nazis célébrant l'envahissement de la Pologne, l'occupation de la France, tandis qu'ils défilaient en brandissant la croix gammée.

Un jour, nous avons rencontré un photographe qui nous a demandé de ne pas divulguer son nom. Il nous a invités chez lui et là, tout en buvant du maté, nous a montré des images d'archives datant de 1938 à 1945. Sur ces clichés qui ont résisté à l'usure du temps, San Carlos de Bariloche apparaît comme un nid nauséabond de nazis et cela n'a rien de fortuit si on connaît l'origine de la ville.

En 1903, un parfait crétin du nom d'Apolinario J. Lucero se vit confier par le gouvernement argentin la mission de réaliser le premier recensement de la population existante et de désigner à qui donner les terres arrachées aux Mapuches dans un passé encore frais et puant le sang. Parmi ses conclusions qu'on peut encore lire il y en a une particulièrement remarquable : « *La population actuelle de la région est assez nombreuse ; elle est composée d'indigènes venus du Chili, de Chilotes ou de Chiliens originaires de l'archipel de Chiloé et d'Allemands qui, pour la plupart, viennent aussi du Chili. Parmi ces habitants, les seuls à pos-*

séder les dispositions nécessaires pour être colons sont les Allemands car les Indiens et les Chilotes ne peuvent être utilisés que pour la main-d'œuvre. Les Indiens et les Chilotes sont des gens nuisibles qui, dès qu'ils ont réuni un peu d'argent, se livrent à toutes sortes de vices et d'excès. »

Avec un tel document pour fondement, qui pourrait s'étonner de l'enthousiasme ardent suscité par le nazisme qui a enflammé la ville pendant pratiquement une décennie ?

Mais nous sommes arrivés à Bariloche car mon *socio* et moi n'avons pas les mêmes goûts en matière d'alimentation et que nous voulions régler pacifiquement cette divergence ; il se nourrit essentiellement de sucreries, de glaces et surtout de desserts. Moi, je les déteste. Voilà peut-être pourquoi je l'ai laissé cet après-midi-là dans une chocolaterie pour lui permettre de se repaître sans inhibitions et je suis allé boire une bonne bière et me taper deux sandwichs à la viande dans le bar le plus proche.

Il y avait là un type qui attirait l'attention par sa manière de se tenir debout, jambes très écartées, genoux collés au comptoir, et de s'accrocher à son verre de vin comme à une poignée. S'il le lâchait, il tombait fatalement par terre, et comme nous étions les seuls clients, ses yeux bleus noyés d'alcool à demi perdus dans son visage tanné par les vents les plus féroces n'ont pas tardé à remarquer ma présence.

J'ai demandé deux grillades et une Austral bien fraîche. Le patron s'est éloigné pour préparer ma commande et le type a pris le risque de décoller une de ses mains du comptoir.

– La bière, c'est bon pour les chevaux, ça les fait pisser que c'est un plaisir, a-t-il dit en pointant sur moi un doigt tremblant.

J'ai répondu en hennissant de mon mieux et le type a pris ça pour un signe d'amitié, il s'est donc éloigné du comptoir de quelques centimètres, a fait un demi-pas sur le côté et, avant de parler, a bu une gorgée de vin pour se rincer le gosier.

– Mon arrière-arrière-grand-père était Davy Crockett, celui qui est mort à Fort Alamo, a-t-il dit en se servant toujours du tremblement de son index pour donner plus d'emphase à ses paroles.

– Je suis désolé. C'était sûrement un type bien, lui ai-je répondu avant d'entrer en contact avec la mousse rafraîchissante de ma bière.

Le patron a murmuré un « soyez patient » qui n'a pas dérangé le descendant de Davy Crockett.

Je me suis mis à calculer combien il fallait de générations pour être l'arrière-arrière-petit-fils de quelqu'un. Le type continuait à agiter son doigt. C'était sa manière de mettre ses mots en ordre.

– Il a été tué par les Mexicains, comme Jim Bowie, l'homme aux couteaux. C'étaient deux misérables qui sont morts en se battant pour des fils de pute. À la santé des Mexicains, s'est-il écrié en levant son verre.

J'ai répondu à son toast tandis que le classeur de mes neurones s'ouvrait, me faisant revenir au ciné Capitol, dans le quartier de mon enfance. Fort Alamo. John Wayne dans le rôle de Davy Crockett et Richard Widmark dans celui de Jim Bowie. J'ai eu envie de siffler la musique du film composée par Dimitri Tiomkin, cette ballade triste qui servait de

linceul à une poignée de morts étendus au milieu des ruines d'une église. Pendant que nous autres les Chiliens, serrés dans le vieux cinéma, on criait « Vive le Mexique ! » et on se réjouissait de la victoire du général Santa Anna. Eh oui, les scénarios sont parfois mal interprétés par le public.

J'ai dit au patron de lui servir un autre verre et j'ai invité le type à ma table. L'arrière-arrière-petit-fils de Davy Crockett avait envie de parler et seul un crétin aurait laissé passer l'occasion d'écouter le descendant de pareils ancêtres.

Entre deux gorgées de vin, il m'a raconté l'histoire de John Crockett, Jared Jones et George Newberry, les premiers texans sans profession, le dernier anglais et dentiste. Tous trois s'étaient connus fin 1880. Comme tant d'autres aventuriers, ils venaient chercher fortune en Argentine, bien décidés à devenir riches par tous les moyens. Moralement parlant, ces mecs ne s'encombraient pas de scrupules. Ils s'étaient d'abord livrés à la chasse aux Indiens dans le Chaco, au nord-ouest de l'Argentine, mais avaient très vite abandonné car la paye était mince et les Tobas ne manifestaient pas beaucoup d'enthousiasme à se laisser tuer. Vexés par l'ingratitude de ces indigènes qui refusaient d'être le prix du progrès, ils avaient cherché des lieux plus propices. John Crockett avait raconté tout ce qu'il savait sur le Brésil, les possibilités offertes par le café et les élevages de bétail mais Jared Jones, le plus jeune du groupe, les avait convaincus en prononçant un nom étrange : la Patagonie. Ils étaient donc partis vers le sud, en direction d'un territoire où Dieu n'avait jamais mis les pieds et où la loi n'était qu'une invention de gratte-papier pour justifier l'extermination des Indiens.

Dans les vastes territoires australs, les trois gringos continuèrent à chasser l'indien une bonne partie de l'année, au printemps, ils tuaient des *chulengos*, les bébés guanacos dont la peau si blanche était très appréciée par les peaussiers européens. Il fallait tuer cent *chulengos* pour permettre à une vieille richarde de se mettre sur le dos ces fines peaux patagones. Ils chassaient et vivaient seuls dans les forêts pré-andines, se nourrissant de *pudúes*, un chevrotin à la chair très savoureuse, et de *huemules*, une autre variété de cervidé andin. Ils chassaient mais la fortune se montrait toujours aussi récalcitrante, alors ils décidèrent de se séparer et de tenter leur chance dans d'autres domaines.

John Crockett partit pour Buenos Aires. Il rencontra là-bas une belle Anglaise, Elizabeth Walters, célèbre pour ses attributs corporels, son ambition sans limite et son habileté au tir avec sa Winchester calibre 32.30. L'Anglaise lui proposa le mariage non sans l'avertir : le « home, sweet home » ne faisait pas partie de ses priorités, elle l'avait choisi parce qu'elle avait besoin d'un homme fort, résolu, mais ne lui laisserait partager son lit que lorsque le matelas conjugal serait bourré de richesses. Ils se marièrent et, deux mois plus tard, Elizabeth Walters et John Crockett franchissaient la cordillère des Andes à la tête d'une petite troupe de trente hommes, croates pour la plupart, qui purgeaient leur peine dans la prison de Buenos Aires et dont la liberté avait été achetée par l'heureux couple. C'est ainsi que les trente-deux cavaliers accompagnés d'un troupeau de cinquante mules s'enfoncèrent dans les épaisses forêts de la Patagonie chilienne.

Six mois plus tard, ils exploitaient la mine d'or Madre de Dios, près de l'embouchure du Baker, dans le Golfe de Penas. Le fleuve charriait de l'or venu des profondeurs de la cordillère, beaucoup d'or et pourtant rares étaient les aventuriers qui osaient se hasarder dans ces confins du monde. L'impossibilité de compter sur un ravitaillement régulier éloignait les convoitises, de plus, le Baker est le fleuve le plus abondant du Chili et un seul mot suffit à décrire son courant impétueux : effrayant.

Dans ce coin perdu du monde austral aux forêts impénétrables, aux pluies interminables, aux chutes de neige intempestives qui recouvrent les constructions, aux immenses bois de *lengas*, de *coigües*, de *canelos* et d'araucarias imposants de plus de cinquante mètres, Elizabeth Walters nourrit les mineurs grâce à son fusil et se débarrassa sans pitié de quiconque essayait d'escamoter un gramme de son or.

Cent ans plus tard, à Caleta Tortel, charmant village aux rues et aux maisons de bois construit au bord du Baker et unique établissement humain aux alentours du Golfe de Penas, quand les habitants vont chercher du bois ou des pignons, ces fruits délicieux de l'araucaria, ils trouvent souvent des restes de squelettes et, au milieu des ossements, des projectiles calibre 32.30.

Un collectionneur de Coyhaique m'a montré, parmi les objets ayant appartenu aux pionniers, la

Winchester d'Elizabeth Walters. On pouvait lire sur la crosse « Dieu ait pitié de ton âme », une invocation commode qui devait sûrement l'aider à trouver le sommeil sur son lit particulièrement dur car le matelas sur lequel dormait l'Anglaise était rempli de tout l'or du Baker.

– Mon bisaïeul baisait sur un lit d'or. C'est là qu'il a engendré mon grand-père, David John Crockett, a précisé l'arrière-arrière-petit-fils du héros de Fort Alamo en faisant signe au patron de remplir encore une fois son verre.

Jared Jones et George Newberry ne s'éloignèrent pas de la Patagonie argentine. Le premier succomba aux charmes de cette nature sans limites et mena une vie nomade. Il vivait de la chasse et avait appris à se servir des *boleadoras*. Sans l'avoir voulu, il fut le premier explorateur à parcourir ces territoires où les Tehuelches eux-mêmes n'avaient pas mis les pieds. Le vent de la steppe le plongea dans une constante léthargie, il dormait sur son cheval, en descendait rarement et, au fil des années, perdit l'habitude de parler.

Quant à Newberry, il parcourait les estancias et les installations lainières, généralement anglaises, où il arrachait des dents, bouchait des caries ou posait des prothèses en or jusqu'au moment où, la nouvelle de la distribution des terres étant arrivée à ses oreilles, il décida de devenir propriétaire terrien.

Le grand territoire du Sud fut réparti de deux manières : soit en invoquant la loi du sol, ce qui revenait à dire « Je vis ici, je suis étranger et je veux des terres » pour obtenir dix mille hectares avec, pour seul inconvénient, l'argent dépensé en munitions destinées à exterminer les Indiens dont c'était le territoire, soit en achetant des bons destinés à financer la campagne du désert, l'un des grands génocides de l'histoire du continent américain.

Les bons servaient à payer la soldatesque et les mercenaires exterminateurs. Une fois terminé le sale travail on pouvait les échanger. Chaque bon donnait droit à un millier d'hectares mais beaucoup d'acheteurs les perdirent entre les mains des usuriers, des parieurs professionnels ou dans les bordels itinérants qui parcouraient le sud du monde. Les *chatas*, énormes charrettes tirées par des douzaines de bœufs, étaient des hôtels roulants tenus par des maquerelles au maintien sévère et aux manières d'une courtoisie tout européenne. Bien des fortunes dont l'héritage prend la forme d'adorables palais comme celui de Sara Braun à Punta Arenas sont le fruit du dur labeur de ces femmes. Plusieurs chansons et légendes populaires qu'on peut encore entendre dans les *pulperías*[*] parlent d'une Allemande de Stuttgart. Elle s'appelait Berta Klein et avait été engagée comme institutrice par une famille anglaise, au bout de quelques mois, elle comprit qu'elle avait entre les jambes un trésor plus recherché que tout l'or, toutes les terres et tous les moutons réunis. Sans hésiter, elle troqua son uniforme gris de gouvernante contre une robe généreusement décolletée et, après quinze ans de dur labeur dans la galanterie, finit par être propriétaire de trois cent mille hectares des deux côtés de la cordillère.

* Sorte d'épicerie-bazar.

Comme toute chose en Patagonie, les années passèrent lentement et Jared Jones sentit les longs hivers s'installer dans ses os. L'heure était venue de descendre de cheval et de planter ses racines quelque part, mais pas n'importe où. Un magnifique territoire tout près du lac Nahuel Huapi était resté gravé sur ses rétines, et il s'adressa donc aux autorités, en invoquant deux arguments : la loi du sol et le fait que l'endroit était inhabité depuis qu'en 1884 ses légitimes propriétaires, tous mapuches commandés par le cacique Inacayal, avaient été expulsés et pour la plupart assassinés par les bandes d'exterminateurs qui nettoyaient la région de ses Indiens. Mais il fut devancé par son ami George Newberry qui planta le premier piquet faisant de lui le propriétaire légal de ce paradis.

Ainsi naquit une haine qui dura des décennies et dont héritèrent leurs enfants et petits-enfants.

– Dans les années 50, une arrière-petite-fille de Jared Jones eut le malheur de s'amouracher d'un arrière-petit-fils de George Newberry. Les familles refusèrent d'envisager la chose et les pauvres jeunes gens se suicidèrent. Roméo et Juliette, dit le descendant de Davy Crockett en regardant le fond de son verre.

Jared Jones ne se résigna pas à se voir privé d'un beau morceau de territoire. Mettant à profit son expérience d'aventurier, il se transforma en explorateur au service du gouvernement argentin et des compagnies d'éleveurs toujours avides d'étendre leurs terres. Il servit même de guide au célèbre ingénieur Francisco P. Moreno dans son expédition jusqu'aux sources du Río Negro et, en août 1900, pour prix de ses services, réussit à se faire attribuer par le président Roca dix mille hectares tout près de son cher lac Nahuel Huapi, à deux pas de la propriété de son ex-ami.

Il y fonda l'estancia Tequel Malal spécialisée dans l'élevage des moutons, des vaches et des chevaux. Un jour de 1938, il retrouva son ami John Crockett. Abandonné par Elizabeth Walters – la belle Anglaise était tombée sous le charme d'un Chilien, tricheur professionnel et terreur des casinos du Río de la Plata –, le fils de Davy Crockett pleura sur ses malheurs conjugaux, sur l'ingratitude de son fils unique, et il mourut quelques jours avant sa quatre-vingt-dix-neuvième année en ressassant ses malheurs aurifères et conjugaux devant un Jared Jones de plus en plus taciturne.

Jared Jones et George Newberry ne s'adressèrent pas la parole pendant quarante ans, jusqu'à cette nuit d'hiver où le Texan faillit devenir fou à cause d'une terrible rage de dents. Il se rappela que le seul dentiste du coin était l'Anglais tant détesté et envoya un de ses péons lui demander s'il voulait bien le soigner.

Quelques heures plus tard, celui-ci revint au galop :

– Il dit oui, mais c'est vous qui allez chez lui.

Jared Jones, la mâchoire bandée, enfourcha son cheval et galopa sous la tempête de neige jusqu'à l'estancia du dentiste.

Il arriva, entra, s'assit dans le fauteuil odontologique et posa son revolver sur la tablette réservée aux instruments. Newberry fit de même.

– Ouvre la bouche, lui ordonna l'Anglais et le Texan obéit, les yeux fermés.

George Newberry prit une pince et, sans prendre la peine de jeter un regard sur le flacon d'éther, s'attaqua à la dent. Jared Jones transpirait, les mains crispées sur le fauteuil.

– Ça fait mal ? demanda l'Anglais.

– Je ne suis pas venu bavarder, lui répondit le Texan, et plus jamais ils ne se reparlèrent.

Jared Jones mourut en 1959 à quatre-vingt-treize ans.

L'arrière-arrière-petit-fils de Davy Crockett ne m'a fourni aucune renseignement sur George Newberry.

La dame aux miracles

Le ciel était si bas qu'on pouvait le toucher. En descendant une colline, nous sommes entrés dans les nuages, un voile épais a enveloppé la voiture, nous nous sommes égarés et le hasard nous a conduits sur un sentier qui s'ouvrait près de la route reliant El Bolsón à El Maitén.

En Patagonie, on dit que faire demi-tour et revenir en arrière porte malheur. Pour rester fidèle aux coutumes locales, nous avons poursuivi notre chemin car le destin est toujours devant, et on ne doit avoir dans son dos que la guitare et les souvenirs. Nous avons fait trois kilomètres au pas en comptant sur l'éternelle solitude des chemins jusqu'au moment où les nuages se sont trouvés légèrement au-dessus du véhicule, et la lumière passant à travers ce filtre d'humidité a alors donné aux choses un ton gris-vert inquiétant.

Curieusement, le vent omniprésent soufflait avec douceur et nous pouvions sentir le parfum des herbes et des fleurs sauvages qui devaient certainement pousser tout près de l'endroit où nous nous trouvions. À un détour du sentier, les arômes sont devenus plus

perceptibles, se transformant en fragrances qui parfumaient l'air et nous invitaient à nous arrêter.

À une centaine de mètres du chemin il y avait une petite maison, anormalement petite car, ici, les constructions répondent aux exigences de la vie difficile en Patagonie. Elles servent d'habitation, de remise et même de bergerie pour les moutons qui, lorsqu'ils sont trop fragiles, sont tenus à l'écart ou évincés de la chaleur du troupeau. En nous approchant, nous avons vu avec étonnement qu'elle était entourée de roses, d'œillets, de géraniums et d'hortensias extraordinaires qui diffusaient leur langage de couleurs et de parfums. On ne voit pas beaucoup de jardins en Patagonie. La main cruelle du vent arrache les boutons et les pétales ou coupe les tiges de sa faucille glacée quand il souffle du sud. En cherchant la porte, nous avons découvert le verger et nous sommes restés ébahis devant la taille des fruits. Des courges de plusieurs kilos, des calebasses énormes, deux pommiers et un poirier aux branches chargées de fruits appétissants séparaient les légumes du champ de fraises poussant à fleur de terre. C'était un jardin de l'abondance, un poème à la générosité de la terre.

À quelques centaines de kilomètres, plus au nord, El Bolsón s'étend dans une vallée protégée par les cordillères, il est donc normal d'y trouver des potagers et des vergers, les habitants en vivent mais, au beau milieu de la steppe et à la merci du vent et des intempéries, cette oasis paraissait irréelle.

Alertée par les aboiements d'un chien, une vieille dame est sortie sur le seuil de la porte. Elle était petite car les années nous font rapetisser et nous rapprochent, avec une implacable compassion, de l'étreinte définitive de la terre. Elle nous a fait signe d'approcher et nous lui avons obéi.

L'intérieur de la maison avait la sobriété qui est l'apanage de la vie solitaire. Le feu allumé et engageant, la bouilloire noircie posée près des braises pour que l'eau reste chaude mais sans bouillir, une quenouille, une corbeille pour la laine déjà cardée et trois petits bancs de bois. Sur les murs, un almanach, une gravure de la vierge de Luján et une photo d'elle, dans sa jeunesse, aux côtés d'un homme sérieux et cérémonieux.

Elle nous a fait asseoir, a ravivé le feu en y jetant des brindilles sèches et nous a offert du maté et des galettes frites. Le visage de la vieille dame était sillonné de milliers de rides, ses yeux nous regardaient avec attention et elle s'exprimait toujours avec un doux sourire qui embellissait ses lèvres flétries. Elle nous a demandé si nous aimions ses galettes, nous lui avons répondu que oui car elles étaient vraiment délicieuses et je me suis permis de lui demander si elle vivait seule.

– Seule ? Non. Je vis avec le chien, les moutons, les plantes et les fleurs, a-t-elle répondu d'une voix sereine, avec cet accent lent et traînant des gens du Sud, cette façon de parler que j'aime, que je n'ai trouvée dans aucun autre endroit de la terre et qui donne à ma langue des proportions gigantesques car les gens du sud du monde modulent les mots en ayant conscience de leur caractère fondateur. C'est ainsi qu'ils donnent vie à ce qu'ils nomment, qu'ils peuplent la dureté de la steppe.

Les flammes du foyer et le crépitement du bois sec invitaient au silence. Le feu raconte autrement la même histoire. La vieille dame a installé la quenouille entre ses jambes et a commencé à filer. Les nuages gris provenant de la tonte des moutons au printemps dernier se transformaient en fines lignes blanches. Ni mon *socio* ni moi n'appartenons à la corporation des chercheurs de lumière et de paix intérieure. D'un agnosticisme salutaire, nous savons qu'on trouve la paix intérieure en faisant ce qu'on doit faire au moment voulu et qu'on découvre la lumière en ouvrant grand les yeux, mais nous nous sentions bien, là, près de la vieille dame, à siroter notre maté en nous laissant hypnotiser par le langage du feu.

Mon *socio* a rompu le silence pour lui demander son âge.

– Je viens tout juste d'avoir quatre-vingt-quinze ans, lui a-t-elle répondu avec une moue coquette.

– Depuis quand?

– Maintenant. C'est aujourd'hui mon anniversaire.

Doña Delia Rivera de Cossio était née en 1901 à San Carlos de Bariloche, à l'époque où la ville riche et touristique d'aujourd'hui n'était encore qu'une enclave où les pionniers s'approvisionnaient avant de s'enfoncer vers le Sud, le Sud profond, à la recherche de terres.

À dix-huit ans, elle avait rencontré Giaccomo Cossio, un émigrant sarde venu chercher en Patagonie, comme tant d'autres Italiens, le pain et le vin que la misère leur refusait en Europe. Ils avaient tous les deux construit cette maison, eu des enfants qui avaient grandi et puis, un jour, étaient partis loin, à l'abri du vent et de la solitude. Giaccomo Cossio avait travaillé dans les équipes qui posaient les voies du Patagonia Express. Il avait perdu la vie dans un accident et ses restes reposaient au fond de la cour, près d'un pommier, loin de la Sardaigne et sous un ciel où les nuages sont à portée de main. Les enfants n'étaient jamais revenus et doña Delia était restée seule. Seule ? Non, avec le chien, les moutons, les plantes, les fleurs, le silence et la tombe de l'homme sérieux et cérémonieux qui nous regardait sur la photo, jadis en noir et blanc, aujourd'hui sépia sous la patine des ans.

Nous l'avons serrée dans nos bras, félicitée, embrassée, mon *socio* lui a demandé s'il pouvait la prendre en photo, ce à quoi doña Delia a répondu qu'avec plaisir mais qu'elle devait d'abord se préparer.

Elle a vite été de retour. Les préparatifs consistaient à enlever son tablier et à « bichonner » ses cheveux blancs comme elle disait. Toujours respectueux, mon *socio* a d'abord utilisé son polaroïd. Clic, bourdonnement, le papier sort comme une langue blanche, les premières taches du chaos, et la lumière révèle un rectangle de réalité.

Elle s'est regardée :

– C'est moi ça ?

À dix-huit ans, doña Delia s'était mariée, avait quitté Bariloche, et n'y était jamais revenue. Elle avait passé quasiment toute sa vie dans ce coin de la steppe et, quand nous lui avons demandé si elle avait envie de revenir dans sa ville natale, juste pour la revoir, elle nous a répondu que oui mais qu'elle avait peur, parce qu'on lui avait dit que c'était maintenant une ville énorme, pleine d'autos et de gens qui n'avaient jamais le temps de boire un maté.

– Je suis comme ça ? a-t-elle demandé d'un air songeur, la photo entre les mains.

– Dans la réalité vous êtes beaucoup plus jolie, beaucoup plus belle, lui a assuré mon *socio* et il lui a demandé de poser pour lui avec sa quenouille, près du feu et de la photo sépia. Moi je suis sorti dans le jardin où j'ai compté vingt sortes de légumes différents, mangé des fraises délicieuses et vu des lièvres s'approcher en bondissant du chien qui les a reçus avec la plus totale indifférence. Mes connaissances en agronomie et en horticulture sont assez limitées mais j'ai été étonné de voir que, dans ce potager, les herbes folles ne gênaient pas la croissance des plantes. Puis je me suis approché des fleurs, surtout de certaines roses aux pétales très durs, d'une couleur cardinalice, au parfum capiteux, et j'ai remarqué sur leurs grosses tiges des sillons semblables à ceux du visage de la vieille dame. Ces rosiers parlaient de longs et durs hivers endurés et il n'y avait aucune rancœur dans leurs fleurs épanouies.

Mon *socio* a fini de prendre ses photos et nous avons retrouvé le silence du foyer. Les mains de doña Delia racontaient mille histoires en faisant tourner sa quenouille. Presque un siècle de vie passé à accomplir la tâche simple et nécessaire de protéger les corps. Le pire siècle de l'humanité n'avait pas touché ces mains ni la saine habitude d'être utile sans le savoir.

Je lui ai demandé :

– Les hivers sont durs par ici ?

La vieille dame a alors abandonné sa quenouille, ramassé une brindille et s'est mise à la frotter de ses doigts comme pour chercher ses mots dans la fragilité du bois.

– Des fois ils sont durs et des fois pires encore. Le plus terrible ce n'est pas le froid, ni le vent, ni la neige. La neige arrive doucement et reste là. Le plus terrible ce sont les gelées parce qu'elles vous prennent en traître, a-t-elle dit tout en continuant à frotter la brindille.

J'ai regardé mon *socio*. Il voyait comme moi les mains d'une vieille dame caresser un rameau desséché qui, lentement, tandis qu'elle nous parlait des douleurs de ses brebis quand la gelée brûle leurs mamelles, s'est ouvert pour nous offrir, comme par magie, les pétales blancs de la blanche fleur du pommier.

– Comment avez-vous fait ? a demandé mon *socio*.

– Quoi donc ? s'est étonnée la vieille dame.

– La fleur, ai-je ajouté en montrant le rameau qui avait fleuri entre ses mains.

– Je ne sais pas. C'est un don, paraît-il. Tout ce que je touche vit, a-t-elle répondu timidement.

Avec un naturel absolu, doña Delia a renouvelé le miracle de prendre un rameau sec, de le caresser et de réveiller la fleur de la fertilité endormie. De sa voix calme, elle nous a raconté que les gens avaient recours à elle quand une brebis ou une vache était stérile. Il lui suffisait de leur toucher le ventre pour les rendre fécondes. Il en était de même pour les arbres abîmés par le vent, pour les plantes, pour tout ce qui était destiné à pousser et à donner des fruits. Elle recevait également la visite d'hommes honteux ou de femmes tristes qui, neuf mois plus tard, trinquaient à sa santé dans un baptême.

Doña Delia n'était ni végétarienne ni macrobiotique. Elle ignorait les mille théories sur les propriétés énergétiques et ne se considérait pas comme un être exceptionnel. Quand nous lui avons demandé si elle savait d'où lui venait ce don de la fertilité, elle a nourri le feu avant de répondre :

– De mon amour pour cette terre. Chaque fois que je regarde cette pampa pelée, je me dis que Dieu s'est trompé.

Presque à la tombée du jour, nous avons quitté doña Delia. Nous l'avons vue jeter des grains de maïs aux poules, caresser le chien, se pencher pour redresser une tige, rentrer dans sa maison, fermer la porte et allumer une bougie qui a baigné d'or son unique fenêtre.

Le soleil se couchait sur l'autre versant des Andes, l'orchestre des grillons accordait ses instruments. Un jour mourait en Patagonie mais, à l'aube suivante, une vieille dame de quatre-vingt-quinze ans, qui avait fêté son anniversaire avec deux hommes des grands chemins, garderait la merveilleuse habitude de vivre.

Une histoire qui semble bien finir mais, pendant que nous fêtions l'anniversaire de doña Delia, l'ombre de l'exemple donné par Carlo et Luciano Benetton planait au-dessus de l'humble paradis de la vieille dame.

La Patagonie est condamnée à être l'un des espaces les plus purs de la planète. Quand les qualités originelles de l'air ne seront plus qu'un souvenir dans le

reste du monde, en Patagonie elles seront encore une réalité de chaque jour et cela lui donne une valeur facile à calculer, car l'argent n'est pas stupide, il est lâche.

Le guide Forbes est une sorte de publication pornographique où sont répertoriées les plus grandes fortunes du monde, et pour cette poignée de multimilliardaires qui se sont approprié toutes les richesses de la terre, le fait de posséder quelques milliers d'hectares en Patagonie est une sorte de signe distinctif, une marque prestigieuse sur l'arrière-train de leur âme. Ces gens-là sont incapables de dire où commence le Chili et où finit l'Argentine, ils se moquent complètement des problèmes et des atouts de ces deux pays, la seule chose qui compte pour eux c'est d'exhiber des titres de propriété en Patagonie.

Il y a une quinzaine d'années, Carlo et Luciano Benetton ont acheté neuf cent mille hectares en Patagonie. Pour se faire une idée d'une telle superficie, il faut imaginer, si tant est que ce soit possible, un million de stades de football.

Les Benetton prétendaient apporter le progrès dans la région. Ils y ont apporté les clôtures en fil de fer barbelé, empêché la transhumance des gauchos et des rares espèces sauvages encore existantes, imposé des bornes absurdes dans une région où le ciel et la terre sont les seules limites. Ted Turner, le millionnaire créateur de CNN et président du groupe multimédia AOL-Time Warner, a suivi l'exemple des Benetton et, à cette liste, est venu s'ajouter un type petit, aux muscles gonflés aux stéroïdes et dont l'intelligence avait impressionné un intellectuel appelé Ronald Reagan : Sylvester Stallone.

Pour définir la capacité des armes on parle de pouvoir de destruction. Pour définir la capacité de destruction de certains hommes il faut parler de pouvoir d'achat. Celui de Rambo visait précisément les terres où doña Delia vivait sa longévité féconde aux côtés de son chien, de ses moutons, de ses herbes miraculeuses, de ses fleurs aux parfums sauvages et de ses fruits aux saveurs séculaires et sacrées.

Malgré son terrible pouvoir d'achat, paradigme de la volonté – non pas au sens où l'entendait Nietzsche mais du point de vue des jobards de Hollywood –, Stallone n'a cependant pas pu acheter. Et ce n'est pas faute d'en avoir eu envie. Il arrive parfois que l'excès de soumission face aux puissants déclenche les mécanismes de résistance qui donnent sa dignité à l'espèce humaine. Le prix fixé par les autorités argentines pour cette portion de la Patagonie était si ridiculement bas qu'un groupe d'éleveurs leur a suggéré de ne pas se montrer aussi complaisantes face aux acheteurs étrangers.

Naturellement, le gouvernement argentin ne leur a pas répondu mais, par hasard, un hebdomadaire français, *Le Nouvel Observateur*, a publié dans son édition du 5 mars 2003 une information inquiétante qui a échauffé encore davantage les esprits : le gouvernement argentin étudiait la possibilité de donner la Patagonie aux États-Unis en échange de l'annulation de l'énorme dette contractée auprès du Fonds monétaire international.

La nouvelle a couru de *pulpería* en *pulpería*, de foyer en foyer, et agriculteurs, éleveurs et écologistes ont organisé un tel remue-ménage que l'affaire n'a pas pu se concrétiser.

C'est ainsi que Rambo, l'invincible guerrier capable d'étriper des milliers de Viêtnamiens, d'abattre en Afghanistan des hélicoptères russes à coups de pierre en luttant aux côtés des talibans, a été vaincu par une petite vieille presque centenaire ayant pour seule arme l'amour de la terre.

C'est le genre de choses qui arrivent, là-bas, en Patagonie. Et ça, c'est vraiment une histoire qui finit bien.

Le Shérif

Nous étions près d'El Bolsón, une ville pittoresque à la frontière entre les provinces du Río Negro et du Chubut. Le vent courbait les gigantesques peupliers entourant le cimetière et l'immense coupole formée par leur feuillage protégeait la paix de ceux qui reposaient là, des gens arrivés un jour dans le sud du monde, pleins de rêves, d'ambition, d'espoirs, de projets, d'amours, de haines, ces matériaux élémentaires qui façonnent notre bref passage sur terre. Ils étaient arrivés de partout avec leurs coutumes et leurs langues et avaient fini là, dans un cimetière oublié balayé par le vent, unis dans la paix souterraine et le langage universel de la mort.

Cigarette au bec, un homme disposait des fleurs sèches sur une sépulture.

– On nous a dit que Martín Sheffields était enterré ici.

– Le Shérif. Cette sale bête est quelque part par là, a-t-il répondu.

Avec son visage tanné par le vent et le soleil, l'homme pouvait avoir n'importe quel âge.

J'ai insisté :

– Vous savez où se trouve sa tombe ?

– Oui, mais il faut s'en approcher avec précaution car ce salaud a été enterré avec ses deux colts dans les mains et, s'il est de mauvaise humeur, il vous reçoit à coups de revolver, a-t-il répondu en se mettant en marche.

Nous l'avons suivi en passant au milieu des tombes des Polonais, Italiens, Galiciens, Juifs, Russes, Gallois et aussi autochtones.

Martín Sheffields arriva en Patagonie au début du XXe siècle. Il baragouinait un espagnol plein de tournures mexicano-texanes et l'inventaire de son patrimoine était mince : deux superbes colts collés à ses cuisses, une bonne selle texane sur son cheval blanc et une étoile de shérif accrochée au revers de sa veste.

C'était une sorte de personnage de Marcial Lafuente Estefanía à mille lieues du sauvage Far West nord-américain.

– Il est enterré là, et bien profond, j'espère, a dit l'homme en nous indiquant une sépulture sans inscription.

Sur la tombe recouverte d'une couche de terre ocre, sèche, tellement tassée qu'on aurait dit de la pierre, il y avait une marguerite en plastique aux pétales calcinés. Pas grand-chose pour fleurir la sépulture de l'un des grands mythes de la Patagonie.

Il est probablement mort en 1939 mais personne ne le sait avec exactitude malgré les nombreuses biographies écrites d'après la rumeur publique par certains écrivains qui s'approprient l'histoire d'une région dont les mythes, les légendes et la vérité changent au gré du vent, car, en Patagonie, l'histoire est un genre narratif qui ne prend pas la peine de respecter la rigueur chronologique ou l'objectivité. Dans les *pulperías*, quand quelqu'un s'apprête à raconter un fait bien connu, il reçoit en général l'avertissement suivant: raconte-le en poète, pas comme un professeur.

L'histoire n'est qu'un prétexte pour enjoliver la réalité et prolonger les soirées au coin du feu en sirotant son maté.

Pour certains, il a été tué, pour d'autres il est mort d'un infarctus sur son cheval blanc en cherchant de l'or dans les centaines de rivières qui prennent leur source dans les lacs andins. Quoi qu'il en soit, quand des muletiers l'ont trouvé, il était mort depuis plusieurs semaines.

Les condors et les faucons se sont offert un sacré festin avec cet homme d'un mètre quatre-vingt-cinq et de plus de cent kilos. Ils ont arraché ses épais vêtements d'hiver pour atteindre les viscères, nettoyer parfaitement son squelette mais n'ont pas réussi à lui arracher des mains ses deux revolvers. C'est comme ça qu'on l'a identifié.

Ces muletiers, des braves types comme tous les solitaires, enterrèrent ses restes sous un tas de pierres, près du ruisseau Las Minas, jusqu'à ce qu'en 1959, l'un des douze enfants nés de son union avec María Ancapichún, une Mapuche dont on parle encore avec une terreur respectueuse, décide de faire transférer ses ossements au cimetière d'El Bolsón.

María Ancapichún était, dit-on, aussi grande et forte que lui. Sinon comment expliquer la passivité de ceux qui, en la voyant apparaître dans les *pulperías*, abandonnaient la table de jeu et préféraient voir les cartes voler en l'air plutôt que de recevoir une des mandales qu'elle balançait à son homme au point de le laisser groggy. À distance prudente, ils la voyaient le hisser sur son cheval en grognant : « Que personne ne touche à ses cartes, le temps de me faire un enfant de plus et il revient. »

On raconte que le squelette ne résista pas au voyage en *chata* – une grosse camionnette – sur les chemins accidentés de la Patagonie ; il tomba en morceaux mais les colts restèrent accrochés aux os des mains.

Une marguerite en plastique sur sa tombe et une étoile de shérif dans une des vitrines du musée de San Carlos de Bariloche, voilà tout ce qui reste de Martín Sheffields. Tout ? Non. Il a également laissé une histoire qui amuse, divise et passionne, comme tous les aventuriers et les canailles.

Pour certains, il est né à Baltimore, pour d'autres il est venu au monde à Tom Green, au Texas. Dans les archives de l'agence de détectives Pinkerton, des documents assurent qu'il a passé sa jeunesse dans l'Utah. C'était un cow-boy de plus, plutôt adroit au tir, et il avait assisté en première ligne à l'extermination de la « Horde sauvage », une mini-armée de pilleurs de banques et de trains dont faisaient partie, en autres célébrités, Black Jack Ketchum, Harry Tracy, « PO8 » Logan, un barde qui écrivait des poèmes épiques sur ses propres forfaits, Flat Nose Curry et Butch Cassidy.

Fin 1898, les hommes de la Pinkerton avaient réussi à imposer la loi du plus fort – les éleveurs et les

propriétaires du chemin de fer – dans les territoires de l'Ouest nord-américain, après avoir capturé ou éliminé la plupart des bandits. Mais il leur en manquait un : Butch Cassidy.

En 1901, la Pinkerton reçut une nouvelle inquiétante : Butch Cassidy avait quitté le territoire de l'Union à bord du vapeur *Soldier Prince* qui naviguait vers Buenos Aires. Et il ne voyageait pas tout seul. Il était accompagné d'une institutrice, Etta Place, et d'un homme sans casier judiciaire qui se faisait appeler Sundance Kid. La Pinkerton décida aussitôt de les faire suivre à la trace par un inspecteur et engagea Frank Dimaio, un Italien. À son arrivée à Buenos Aires, il apprit que le trio avait acheté six mille hectares de terre près de Cholila, en Patagonie, et alors qu'il s'apprêtait à partir pour le sud du monde, il découvrit les attraits de la capitale argentine, fit connaissance d'une belle fille d'origine italienne, écouta l'appel de la vie sédentaire, envoya au diable la Pinkerton et ouvrit un magasin de chaussures.

Jusqu'en 1976, à San Telmo, tout près de la place où se tient chaque dimanche la plus belle brocante du monde, on trouvait encore les « Chaussures Dimaio ». Dans la boutique, à la place d'honneur, était accrochée la plaque de détective de l'homme qui l'avait fondée. En Amérique latine, le destin contrecarre toujours la volonté des gringos.

En 1901, Martín Sheffields se rapprocha de la Pinkerton. Pour certains, il fut embauché par le siège de l'agence, à Houston, au Texas. Pour d'autres, ce fut à San Francisco où il accomplissait une courte peine pour vagabondage répété. Quoi qu'il en soit, la récompense de cinquante mille dollars offerte pour la tête de Butch Cassidy lui sembla l'occasion rêvée de connaître l'Argentine.

Il arriva à Buenos Aires le 6 février 1902. À l'hôtel où avaient logé les milliers d'immigrants arrivés entre 1830 et 1860, il se présenta sous le nom de Martín Sheffields, shérif des Etats-Unis, et montra peut-être l'étoile d'argent subtilisée quelques années plus tôt dans le Montana à un véritable shérif abruti par l'alcool. Dans son espagnol « tex-mex » très particulier il demanda sûrement comment diable on se rendait en Patagonie.

Près de Cholila, la cabane construite avec des troncs d'arbres par Etta Place, Butch Cassidy et Sundance Kid est toujours debout et sa solidité lui permettra de le rester encore pendant de nombreuses années. Quand mon *socio* et moi nous y sommes rendus, elle était habitée par une famille portant le nom de Sepúlveda. Un après-midi au ciel tourmenté, nous avons bavardé et partagé du maté avec le maître de maison, don Aladino Sepúlveda, un petit vieux au regard enfantin, malin comme un renard.

– Bien sûr qu'il les a trouvés. Il est venu ici et leur a parlé. Je n'étais pas encore né, je viens d'avoir quatre-vingt-quatre ans, mais mon père me l'a raconté. C'était probablement en 1902. Sheffields est arrivé sur un cheval blanc, il n'en a jamais eu d'une autre couleur, et a crié depuis la barrière : « Butch, Sun ! », les autres lui ont répondu en espagnol qu'ils s'appelaient Pedro et don José. Alors Sheffields a éclaté de rire, il a failli tomber de cheval, ensuite ils ont parlé entre eux en américain.

On ne saura jamais ce qu'ils se sont dit mais ils ont sûrement trouvé un accord car, sur tous les télégrammes expédiés par Sheffields à l'agence Pinkerton entre 1902 et 1905, on trouve toujours le même argument : « L'Argentine est un très grand pays et je suis sur leur piste. »

En 1905, un Nord-Américain voyageant sous le nom d'Andrew Duffy arriva jusqu'à la cabane de Cholila. En réalité, il s'appelait Harvey Logan, l'un des fondateurs de la Horde sauvage. Deux ans plus tôt, il avait quitté la prison de Knoxville, au Tennessee, à sa manière, c'est-à-dire à coups de revolver et, dans sa fuite, avait envoyé quatre gardiens manger les pissenlits par la racine. Cette même année, Butch Cassidy, Etta Place, Sundance Kid et le nouvel arrivant attaquèrent la Banque du Sud à Santa Cruz.

Pendant ce temps, Sheffields prenait des notes qu'il n'envoya jamais à la Pinkerton. Jo Giglian, un Néo-Zélandais collectionneur passionné de tout ce qui touche à Butch Cassidy, m'a montré dans sa maison de l'archipel de Las Guaitecas un carnet à couverture de cuir marron dont on attribue la propriété à Martín Sheffields. Dans une note datée d'octobre 1907 on peut lire : « J'aurais pu les tuer quand ils sont sortis avec l'argent des Gallois. J'aurais pu mais je ne l'ai pas fait. » En 1907, les jeunes gens et l'institutrice s'en prirent à la Banque de la Nation à Villa Mercedes mais l'affaire prit une mauvaise tournure quand Harvey Logan tua le directeur. Dans le carnet de Sheffields on trouve : « Au début, je n'ai pas reconnu la femme parce qu'elle était habillée en homme. Ce mort va nous attirer des histoires. »

On ne connaîtra jamais les termes de l'accord passé entre Butch Cassidy, Sundance Kid, Etta Place et Martín Sheffields dans la cabane de Cholila, mais une partie du butin provenant des attaques de banques a probablement servi à acheter le silence du shérif car en 1907 il fit l'acquisition de cinq mille hectares près d'El Maitén, dans le Chubut. La négociation a certainement été dure et intéressante. Si Harvey Logan y a aussi participé, ils étaient quatre contre un, quatre arguments de différents calibres contre les deux colts 45 du chasseur de primes.

Don Aladino Sepúlveda nous a assuré que, d'après son père, la rencontre de Sheffields avec les bandits avait duré plusieurs jours et plusieurs nuits. Ils s'étaient soûlés, avaient crié, ri, proféré des malédictions dans une langue inconnue du *criollo* et puis, finalement, le shérif était reparti sur son cheval blanc.

– Vous voulez savoir ce que je crois ? nous a demandé don Aladino.

– Mais bien sûr ! lui ai-je répondu en arrachant quelques éclats de bois aux troncs de la cabane. Je les ai encore.

– Sheffields leur a dit qu'il ne voulait pas de morts. Les morts, ça complique les choses. Même l'homme le plus inoffensif du monde, dès qu'il meurt, peut compliquer la vie à plus d'un.

On le sait, il y a deux sortes de gens qui font des affaires avec les banques : les voleurs en costume-cravate et les malfaiteurs masqués. Après les événements de Villa Mercedes, Butch Cassidy, Etta Place et Sundance Kid abandonnèrent temporairement leurs activités bancaires. Harvey Logan disparut

sans laisser de traces, Etta Place retourna clandestinement aux États-Unis où elle mourut d'un cancer. Butch et Sundance vendirent la propriété de Cholila et partirent vers le sud, aux confins du monde. Ils traversèrent le détroit de Magellan et s'installèrent en Terre de Feu où ils entrèrent dans la légende comme deux vieux romantiques qui attaquaient des banques et des convoyeurs de fonds pour financer des révolutions anarchistes.

Une tombe sans nom et une marguerite en plastique. Il ne reste pas grand-chose du passage du shérif en Patagonie.

J'ai demandé à l'homme à la cigarette au bec :

– Il existe encore quelqu'un qui l'ait connu ?

– Oui. La dernière fille de ce bandit est toujours en vie, m'a-t-il répondu sur un ton où se mêlaient le mépris et l'admiration.

Le lendemain nous sommes allés faire connaissance avec la fille de Martín Sheffields. Nous avons fait le voyage dans notre voiture sponsorisée qui commençait déjà à se plaindre de la dureté des chemins et, en parlant avec les villageois au cours de nos haltes pour manger, faire le plein d'essence ou regarder une carte qui nous semblait de plus en plus grande, nous avons peu à peu découvert la relation entre le chemin de fer patagon et le shérif.

En 1933, quand on a commencé à poser les voies du chemin de fer reliant Ñorquinco à El Maitén, ce sont les moutons de Sheffields qui ont nourri les équipes d'ouvriers. Il aimait les amuser en leur montrant sa stupéfiante habileté au tir. Il était capable de couper une cigarette au ras des lèvres d'un jeune homme distrait ou même de roussir les moustaches d'un autre, avec une balle de .45 : c'est plutôt remarquable. Quand la pose des voies fut enfin terminée, Martín Sheffields offrit six bouvillons et trente agneaux pour le grand *asado* destiné à fêter l'événement. À El Maitén, Esquel, Leleque et Cholila, beaucoup de vieux se rappellent encore la générosité du gringo, et ce mépris de l'argent ajouté aux nombreux enfants qu'il avait semés à travers tout le territoire austral finit par le ruiner. Voilà pourquoi il cherchait de l'or au moment de sa mort ou de son assassinat.

Dans une *pulpería*, j'ai demandé à un vétéran qui m'a aussitôt offert sa calebasse de maté :

– Vous savez qui était Martín Sheffields ?

– Bien sûr ! Il était connu comme le loup blanc, m'a-t-il répondu en acceptant une cigarette.

– Parlez-moi de lui, l'ami.

– C'était un solitaire. Il a eu beaucoup d'amis, beaucoup d'enfants, mais il était seul. Personne n'a jamais su d'où il sortait assez d'argent pour acheter toutes les terres qu'il a ensuite perdues. Il était venu pour capturer des bandits gringos, paraît-il, mais il ne l'a pas fait. C'était un tireur extraordinaire et, quand il était soûl, il aimait faire des blagues assez lourdes. Il pariait, par exemple, qu'il pouvait tirer sur les talons d'une dame, empoignait son revolver et le faisait. Si le fiancé ou le mari se plaignait, il lui offrait deux moutons et l'affaire était réglée. Il était arrivé à posséder plus de cent mille moutons quand la laine valait son pesant d'or et pourtant il s'habillait comme un clochard. On le voyait ici ou là, toujours seul. Il galopait sur son cheval blanc de Cholila à

Esquel, de Ñorquinco à Portezuelo, toujours seul. Quelquefois il s'arrêtait dans les *pulperías*, jouait, perdait des sommes énormes, chantait avec une fille assise sur ses genoux, et puis allait soudain se mettre dans un coin pour continuer à boire tout seul. Au fond, c'était un homme abandonné non pas par ses amis, ses femmes ou ses enfants, mais par lui-même. Un type solitaire, bizarre, mais toujours de bonne humeur. Vous connaissez l'histoire du plésiosaure ?

La grosse blague de Sheffields. Un jour, en 1922, il écrivit une lettre au directeur du zoo de Buenos Aires pour lui parler de la présence d'un animal vivant dans les profondeurs de la Laguna Negra. La description était si exacte, si précise que pas un naturaliste, pas un savant n'eut le moindre doute ; il s'agissait d'un plésiosaure. Des douzaines de sociétés scientifiques du monde entier se disputèrent le droit de le capturer. Warren Harding, président républicain des États-Unis, menaça d'exercer des représailles si on ne remettait pas l'avenir du plésiosaure entre les mains du Smithsonian Institute ; la couronne britannique considéra qu'il était inconcevable de ne pas permettre aux spécialistes de son musée d'examiner la bête, il a même été chanté après qu'un compositeur a popularisé le tango du plésiosaure.

Finalement tous ceux qui brûlaient de s'approprier l'animal antédiluvien arrivèrent à Buenos Aires et, malgré les traquenards, se dirigèrent en masse vers la Patagonie. Ils découvrirent alors que le plésiosaure de la Laguna Negra était un tronc d'arbre recouvert de cuir de vache. Les autochtones se tordirent de rire, et se tordent encore de la blague de Sheffields, mais ni les scientifiques de l'époque ni le gouvernement argentin ne firent preuve du même sens de l'humour.

Tout près d'El Maitén, nous avons quitté la route de graviers pour prendre, à l'ouest, le chemin de terre poussiéreux conduisant à la maison de Juana Sheffields, dernière fille de l'aventurier farceur. Pour nous donner le courage d'affronter le nuage de poussière qui nous desséchait la gorge et nous inquiétait pour les appareils photo, nous chantions à pleins poumons « l'Uruguay n'est pas un fleuve, c'est un ciel bleu qui passe » au milieu des piaillements désapprobateurs des vanneaux jusqu'au moment où, au bout de deux heures, nous avons vu apparaître la cabane construite par le shérif pour sa fille.

Elle se dressait dans un endroit d'une beauté saisissante, au milieu des rouvres, des tecks, des peupliers, des chênes verts, l'air sentait le bois vierge de la Patagonie andine, la bouse d'animaux en pleine santé, les herbes qui vous mettent le cœur en fête.

Doña Juana Sheffields avait quatre-vingt-six ans et un air altier. Il y avait beaucoup de fierté chez cette dame qui marchait avec une canne. Son visage couvert de territoires qui avaient peut-être abrité toutes les amours et toutes les haines était résolument patagon car on pouvait y lire le métissage entre une mère mapuche et un père gringo, porteur à son tour du mélange d'on ne sait combien de sangs.

Elle m'a offert un siège en face d'elle et de la calebasse de maté. Avec des gestes coquets, elle a lissé son tablier et vérifié la symétrie de ses cheveux blancs énergiquement ramassés en chignon. Pendant que mon *socio* la prenait en photo elle a demandé ce qui nous amenait.

– Votre père. Parlez-nous de votre père.

– Martín Sheffields. Le shérif Martín Sheffields. Il a construit cette maison et aussi beaucoup d'autres. C'était un homme. Voilà pourquoi il était aimé et détesté, parce que c'était un homme. Ça n'a jamais été facile d'être un homme.

– Un homme porté sur les mauvaises blagues !

– Des bêtises. Il avait un caractère gai mais n'a jamais fait de mal à personne. Quelquefois, c'est vrai, quand il avait bu, il aimait faire des paris. Un jour, il a mal visé et a arraché le nez d'un gaucho, mais il n'a jamais fait de mal à personne.

– On parle du nez, mais aussi du reste de la tête.

– Que diable, c'était comme ça à l'époque ! La vie en Patagonie n'était pas facile et ne l'a jamais été. Et puis on vit et on meurt partout. Lui est mort tout seul. C'est comme ça que doivent mourir les hommes.

– Nous sommes allés sur sa tombe. Elle est abandonnée.

– C'est une erreur d'avoir fait transporter ses restes au cimetière. On aurait dû les laisser près du ruisseau Las Minas, là où on l'a trouvé, mais les enfants sont faibles. Il n'y a plus d'homme comme mon père et la meilleure façon de les respecter c'est de ne pas aller sur leur tombe.

Avant notre départ, doña Juana Sheffields nous a donné du pain tout juste sorti du four et des œufs durs pour le voyage. Ses gestes pleins de douceur pour envelopper ces victuailles dans un linge contredisaient la dureté de ses paroles et de son visage.

Nous avons pris le chemin du retour sous un ciel tourmenté annonciateur d'orage mais ça nous était égal : nous savions que la route réserve toujours des surprises. Au bout d'une demi-heure de marche nous avons vu tomber l'averse sur une large vallée, un peu plus loin nous sommes passés sous un arc en ciel imposant et, en arrivant sur la route de Cholila, nous nous sommes arrêtés pour contempler un groupe de cavaliers galopant dans le lointain.

L'un d'eux montait un cheval blanc et nous nous sommes demandé si la plaine où ils galopaient se trouvait bien de ce côté de la vie et non de l'autre et si l'homme qui montait le cheval blanc ne portait pas, par hasard, une étoile de shérif au revers de sa veste.

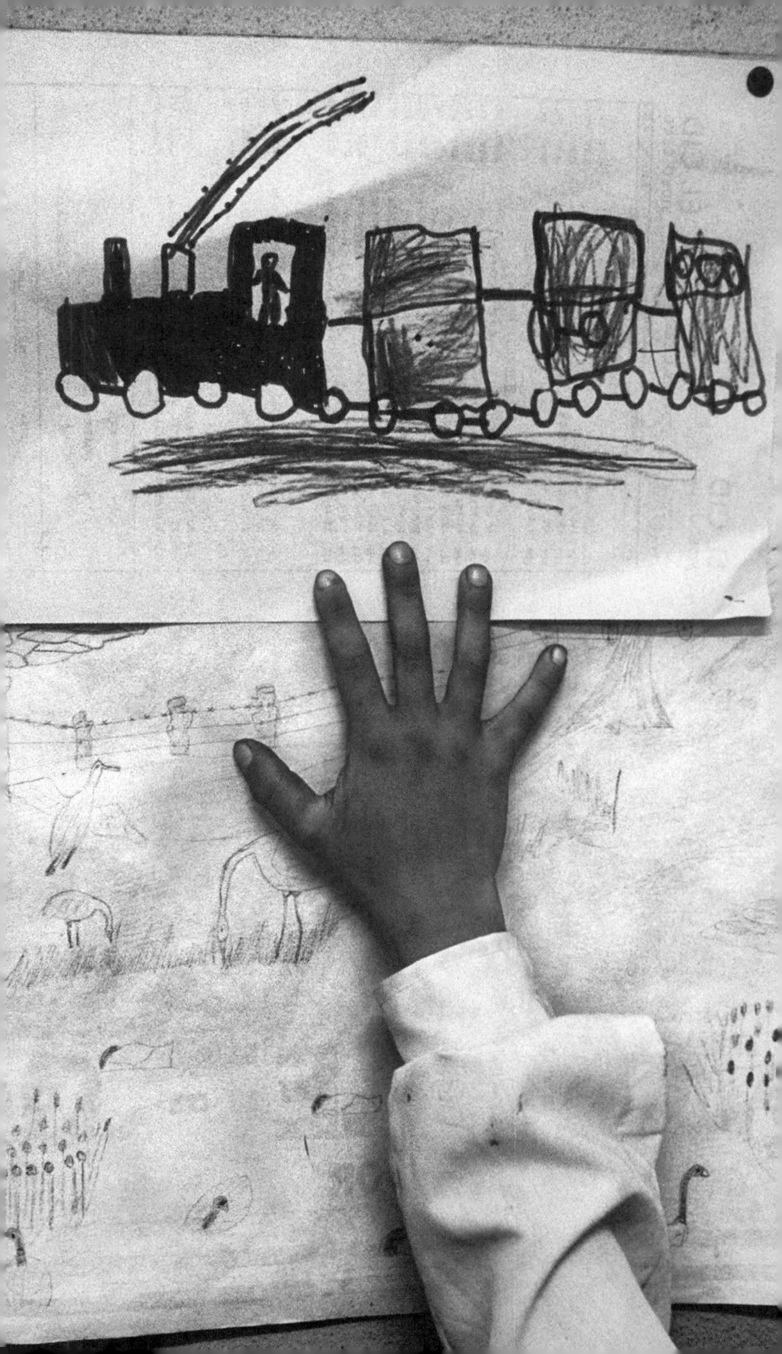

Le dernier voyage du Patagonia Express

Nous savions que La Trochita partait le mardi d'El Maitén avec une ponctualité toute patagone, c'est-à-dire entre huit heures du matin et midi et, qu'après avoir fait le trajet jusqu'à Esquel, elle revenait le jeudi avec la même exactitude, faisant en sens inverse les trois cent cinquante kilomètres qui subsistent encore sur les mille sept cents que parcourait à l'origine le Patagonia Express, avant les privatisations et la mort des chemins de fer argentins.

Ce matin-là, la gare était étonnamment vide. D'après ce que nous savions de la région, le vieux train restait le seul moyen de transport pour les habitants d'El Maitén devant se rendre à Esquel pour y acheter du matériel, voir un médecin ou se battre avec la bureaucratie. Comme le guichet était fermé, nous avons arpenté la gare sans rencontrer personne jusqu'au moment où nous nous sommes approchés de l'atelier d'où sortaient des voix et la musique d'un poste de radio. C'était un hangar immense et là, au milieu de tonnes de métal rouillé, une locomotive qui laissait voir une partie de ses entrailles d'acier et trois wagons de bois, il y avait un groupe d'hommes vêtus de la classique salopette bleue des mécaniciens.

Ils étaient six. Les quatre plus âgés faisaient une partie de *truco** et les deux autres, plus jeunes, les observaient, évaluaient l'habileté des joueurs, la rime des vers qui accompagnaient les donnes, et faisaient circuler la calebasse de maté.

– Comment ça va, les gars ? nous a dit l'un d'eux en nous voyant.

Nous l'avons salué à notre tour et ils nous ont aussitôt invités à partager leur maté, leur pain et leur fromage.

– On peut savoir ce qui vous amène dans le coin ? a demandé un autre.

– Le train. On nous a dit qu'il partait aujourd'hui pour Esquel.

Notre programme de travail pour cette journée était assez simple : mon *socio* ferait le voyage pour prendre des photos de l'intérieur tandis que je le suivrais en voiture. Nous resterions à Esquel jusqu'au jeudi puis nous ferions le voyage en sens inverse, moi dans le train où je prendrais des notes sur la *moleskine* et lui en auto pour photographier les extérieurs.

– C'est exact. Il devait partir aujourd'hui mais il n'est pas parti et ne partira pas, a dit un des mécaniciens.

– Et il part quand ?

– Ça, personne ne le sait. Il est « chartérisé », a précisé un des jeunes.

* Jeu de cartes.

Quel drôle de verbe, avons-nous pensé tout d'abord sans toutefois être surpris. L'espagnol fonde sa richesse sur sa capacité à adopter des mots, qui ont pour origine des vocables indigènes, des difficultés phonétiques rencontrées par les immigrants, ou les problèmes auditifs des *criollos* face à des termes inconnus. Il y a deux ans environ, la Real Academia de la Lengua Española a accepté le mot *chimichurri* défini comme une sauce composée d'huile, de vinaigre, d'origan, de sel et d'épices servant à accompagner les viandes. D'après l'Académie, sa racine étymologique serait peut-être un mot aymara mais on n'en est pas sûr. « Chimichurri » est né des difficultés d'un quelconque gaucho à moitié sourd au service d'un éleveur anglais qui lui aura mille fois ordonné « *give me a curry* » car, c'est bien connu, les Anglais assaisonnent les viandes avec du curry, nom qu'ils donnent à n'importe quelle sauce épicée. Quand on ne parle pas l'anglais et qu'on entend cent fois « *give me a curry* », on en garde les sonorités, si on entend la même phrase deux cents fois, on la réduit à « *givme acurry* » par une sorte de prophylaxie auditive et, à la trois centième, il se transforme en phonème, « *gimeacurry* ». Mais, comme il fait référence à quelque chose de tangible, l'inventivité accommode le phonème et en fait un son agréable, nouveau, pour définir non pas la sauce insipide des Anglais mais le condiment populaire et rustique qui, avant de s'appeler *chimichurri* était humblement désigné par le mot *salmuera*. « *Give me a curry* »... « *Givmea curry* »... « *gimecurry* »... *Chimichurri* !

– Charterisé, ça vient de charter ? a demandé mon *socio*.

« Charteriser », un nouveau verbe maudit. De *charter*, affréter. Une association de milliardaires texans désœuvrés, amoureux du train à vapeur avait « chartérisé » pour une durée illimitée le Patagonia Express. Peu leur importait que les habitants d'El Maitén, Esquel, Ñorquinco et Leleque soient privés de leur seul moyen de transport. Don Dinero, le fric, est un maître puissant. Un train était confisqué par le pouvoir d'achat de quelques oisifs avec la complicité du fonctionnaire corrompu venu de Buenos Aires pour déterminer la « non-rentabilité » du vieux chemin de fer.

La Trochita était tombée aux mains de ces touristes depuis onze jours quand nous avons rencontré ces cheminots qui, sans cacher leur colère, ont essayé de nous consoler en nous suggérant une solution.

– Aujourd'hui un de ces types doit venir. Il est cubain, je crois, ou dominicain, c'est leur interprète. Parlez-lui, il vous permettra peut-être de monter dans La Trochita, a dit Marcelo, un homme que nous n'oublierons jamais.

Nous avons décidé d'attendre l'interprète en bavardant avec les mécaniciens. En bons Patagons, ils avaient tous quelque chose à raconter et ils égrenaient lentement les mots comme pour ne pas donner d'importance à leurs propos.

– Vous avez vu la locomotive qu'on est en train de réparer ? C'est un bijou de marque allemande, une Maffei 350, construite en 1915. Des machines comme ça il n'en reste pas une seule dans aucun pays du monde. On en a deux et elles font partie de l'histoire de La Trochita. Cette ligne a été construite par les Anglais mais pas à leur manière. Il leur faut cent ans pour construire une voie ferrée qui doit durer deux fois plus longtemps car le transport des marchandises et des passagers constitue toujours une bonne affaire. Ils sont venus construire un train en Patagonie pour relier entre elles leurs propriétés et leur permettre d'amener la laine jusqu'à un port d'embarquement. Ils ne se sont jamais souciés des passagers ou de tout autre genre de marchandises, nous a assuré un autre cheminot.

Cet homme en salopette bleue connaissait l'histoire des chemins de fer argentins et particulièrement celle du Patagonia Express. À partir de 1905 les intérêts ferroviaires britanniques furent étroitement liés aux spéculations foncières. Le Congrès argentin avait pourtant reçu de nombreux projets pour construire des voies ferrées et, selon la loi, elles devaient appartenir à l'État mais on se heurta toujours à la même difficulté, les terrains qu'il fallait traverser appartenaient tous, comme par hasard, à de grands propriétaires anglais. L'État argentin proposa des indemnisations mais les Britanniques les refusèrent. Avec l'appui de la Couronne, ils créèrent des compagnies ferroviaires et c'est ainsi, par exemple, qu'en 1908, la société anglaise qui commença à installer la ligne entre San Antonio et Nahuel Huapi possédait sept cent cinquante mille hectares de terres en Patagonie. Naturellement, ils posèrent les voies au bord de leurs champs, ce qui leur permit de s'approprier aussitôt les terres limitrophes.

JACOBACCI

– Ils n'ont pas fait du bon travail, on ne leur doit aucun remerciement. Ils savaient que le chemin de fer devait durer le temps du boom de la laine. Ils ont importé des épaves, des machines inadaptées à la région. Ils ont acheté des tas de ferraille en France, comme les locomotives HH Saint Pierre mises au rencard par le chemin de fer transandin reliant Santiago du Chili à Mendoza. Ces machines faites pour les Alpes perdaient de l'eau, elles étaient équipées de chaudières à quatre tubes verticaux, un véritable luxe pour une région qui manque de flotte. Il pleut rarement ici, c'est une steppe semi-désertique, a ajouté Marcelo.

– Mais pour notre ligne c'est différent. Les Anglais croyaient tenir les commandes mais les gens d'ici ont travaillé à leur manière. Et dire qu'en ce temps-là il n'y avait pas encore de relevés topographiques. C'est seulement en 1911 et avec l'appui de la commission hydrologique que les premières études de terrain ont été réalisées. Dix hommes à cheval ont parcouru cent mille kilomètres carrés. Il a fallu du sang et de la sueur pour poser les voies nécessaires au passage de La Trochita, les ouvriers posaient en moyenne vingt kilomètres par an, par moins vingt degrés l'hiver, le corps avait besoin de beaucoup d'alcool pour supporter le froid, alors on a pris l'habitude de boire du Cinzano au petit-déjeuner, comme les Ritals. Le pire c'était au printemps, quand arrivaient les épidémies de grippe et qu'on ne connaissait pas encore les antibiotiques. Ces mecs étaient des durs, a dit l'un des vieux avec orgueil.

– Raconte-leur l'histoire de Lund, le chauve, l'a encouragé Marcelo.

– Enrique Lund était un ingénieur danois, très blond, le mec, et le seul à avoir une tente à double toit. Pendant la journée, il laissait son poêle à mazout allumé à l'intérieur, et le soir il le sortait pour éviter d'être asphyxié. Dehors, il faisait vingt degrés en dessous de zéro, comme Lund le Viking était très grand, il dormait la tête contre l'une des parois latérales de sa tente et sa respiration provoquait de l'humidité qui gelait et ses cheveux restaient collés à la toile, et quand il se réveillait, il tirait dessus et y laissait à chaque fois une partie de sa chevelure. Voilà comment Enrique Lund est resté chauve, a conclu le vieux, et nous avons tous éclaté de rire avec lui.

L'apparition d'un insolent véhicule tout-terrain, avec ses étincelantes défenses chromées et ses réflecteurs sur le toit, est venue troubler la joyeuse ambiance de l'atelier. Il arrivait à toute vitesse, a freiné dans un nuage de poussière et, quand celui-ci a été dissipé par le vent, quatre représentants de la beauté physique texane en sont descendus. Il y avait un demi-quintal de graisse dans les corps de ces trois hommes et de cette femme habillés comme pour un safari dans la savane africaine. Le chauffeur a lui aussi mis pied à terre. C'était un type mince, impeccablement coiffé à la gomina, qui portait autour du cou une chaîne en or digne du *Queen Mary*. Il ne manquait qu'une ancre pour que ce bijou atteigne la perfection.

Le quatuor de gros n'arrêtait pas de s'esclaffer, surtout la femme, et le chef de gare s'est précipité pour répondre à l'appel de leurs éclats de rire, un homme un peu moins volumineux que les Texans, qui ne cessait de faire des courbettes en leur demandant en quoi il pouvait leur être utile.

Le chauffeur était également interprète et avait un incontestable accent cubain. D'un geste, il a interrompu la démonstration de servilité du chef de gare pour lui préciser en montrant mon *socio* qui, à ce moment-là, prenait la vieille locomotive allemande en photo :

– On vous a dit qu'on ne voulait pas de journalistes tant que le train sera à nous.

Pour le rassurer, j'allais lui préciser que nous n'étions pas des journalistes mais des voyageurs qui se trouvaient là par hasard mais Marcelo a été plus rapide :

– Ce sont mes amis, ils voulaient visiter l'atelier et je les ai invités. Et le train, vous l'avez seulement loué, il ne vous appartient pas.

– Tu aurais dû me prévenir, Marcelo. Ces messieurs paient bien et ils m'ont demandé de ne pas être dérangés. Comment veux-tu qu'on progresse si chacun n'en fait qu'à sa tête, s'est plaint le chef de gare.

– Toi, le gros, tu t'occupes de la gare mais l'atelier c'est pas ton rayon, tu n'y connais rien, lui a dit un des vieux mécaniciens.

Le chef de gare a répondu d'un geste méprisant et a pris la Texane par le bras en murmurant un « *no problem* » qui a déclenché chez la grosse de nouveaux éclats de rire. Mon *socio* et moi en avons profité pour parler avec le Cubain :

– On voudrait prendre le train, faire quelques photos, c'est tout, tu peux nous donner un coup de pouce ? a demandé mon *socio*.

Le Cubain nous a observés attentivement avant de répondre :

– Et vous êtes prêts à payer combien?

– Dis un prix, on discutera, a suggéré mon *socio*.

Le Cubain s'est éloigné en direction des trois gros qui regardaient, très amusés, le chef de gare et la grosse. Il s'est adressé à l'un d'entre eux, a acquiescé en hochant sa tête gominée puis est revenu vers nous pour nous dire d'un ton menaçant :

– Avant de parler de prix, on veut savoir si vous faites partie de ces communistes qui protestent parce qu'on a loué le train.

– Tu es cubain ?

– Cubain-américain, m'a-t-il répondu en levant le menton en signe d'orgueil patriotique ou tout autre genre de bêtises apprises à la fondation américano-cubaine de Miami.

– Combien ? a coupé mon *socio*.

– Pour cinq mille dollars on vous emmène jusqu'à la prochaine gare. Un aller simple.

Elle se trouvait à une trentaine de kilomètres, cela représentait un peu moins d'une heure de voyage dans La Trochita. Le Cubain a caressé ses cheveux gominés en attendant notre réponse et j'ai pris mon ton le plus amical pour lui demander :

– Tu comprends bien l'espagnol ?

– Bien sûr, c'est pour ça que je suis le traducteur du groupe, a-t-il assuré avec un renouveau d'orgueil.

– Alors dis à tes chefs d'aller se faire foutre. Un aller simple, lui a dit mon *socio* de son ton le plus amical.

Le fraternel échange de vues avec le Cubano-Américain se serait certainement terminé en caresses prodiguées à poings fermés si nous n'avions été interrompus par les hurlements hystériques de la Texane. Traînant d'une main le chef de gare et montrant de l'autre l'atelier, elle jouait pour nous la scène épique d'un drame qui m'a rappelé les visages terrorisés des Yankees fuyant le Viêtnam.

Un des gros hommes habillé en chasseur d'éléphants est sorti en courant du hangar, suivi par un mécanicien beaucoup plus calme, tenant une clé anglaise à la main :

– Débarrassez-nous de ces malappris, a exigé le vieux.

On n'a pas eu besoin de le leur répéter. Les quatre Texans et le Cubano-Américain ont sauté dans leur voiture et sont partis en laissant un gros nuage de poussière dans lequel nous avons vu disparaître le chef de gare qui courait derrière eux.

– Ici il n'y a pas d'animaux de cirque, pas plus Toñito que les autres, a dit le vieux avant de nous inviter à revenir dans l'atelier.

Assis sur une caisse, nous avons découvert un type énorme qui aurait pu aussi bien être un adolescent à peine débarrassé de son acné qu'un homme mûr. Très costaud, il mesurait un peu moins de deux mètres et son visage aux traits visiblement mapuches passait du sourire amical à l'air embêté de celui qui se demande ce qu'il a bien pu faire.

Toñito aimait le train et tout ce qui s'y rapportait. Son retard mental le rendait aussi inoffensif qu'un gosse de six ans, adopté par les cheminots d'El Maitén c'était un éternel apprenti, sa force lui permettait d'aider à soulever des objets très lourds quand c'était nécessaire, il prenait gratuitement La Trochita chaque fois qu'il en avait envie et les mécaniciens lui avaient fabriqué un véhicule à pédales pour rouler sur les rails. Ravi, Toñito parcourait les voies sur son ferro-quadricycle et pouvait ainsi signaler la moindre défectuosité à son retour.

– Ce malappris a donné du chocolat à Toñito et, en le voyant peiner pour le sortir de l'emballage, il s'est mis à rire et à prendre des photos, a grommelé le vieux en nous passant la calebasse de maté.

– Malappris, a répété Toñito, la bouche pleine de chocolat.

– Eh bien, nous voilà privés de train.

Nous avons siroté quelques matés en silence, fumé des cigarettes. Mon *socio* a demandé s'il pouvait prendre des photos dans l'atelier et les mécaniciens ont accepté avec enthousiasme, moi je suis resté près du défenseur de Toñito, qui a décroché un beau quartier de viande et, tout en faisant des entailles dans la graisse, m'a demandé :

– Vous aimez l'agneau cuit au disque ?

– Et comment !

Marcelo a ravivé les braises de la forge avant d'y poser le disque de fer sur lequel on jetterait la viande quand il serait bien chaud. Alors le gras s'égoutterait lentement par-dessus les bords, le fumet transformerait la faim en appétit et les côtelettes bien dorées, croustillantes et débarrassées de leur graisse viendraient confirmer une fois de plus que l'agneau de Patagonie est le meilleur du monde, surtout quand on le mange avec les doigts dans un atelier de mécaniciens du rail.

– Les gars, a dit Marcelo en remplissant nos verres de vin, vous êtes venus ici pour photographier La Trochita et vous allez le faire.

– Voilà qui est parler ! s'est écrié l'un des vieux.

J'ai échangé un regard avec mon *socio*, nous étions décidés à les suivre quoi qu'ils proposent car, au sud du 42e parallèle, la confiance naît sans tergiversations, sans ambiguïtés ni stupides appels à la prudence.

– Je vous attends demain, très tôt, à sept heures, sur le terrain de foot. Apportez un peu d'argent pour acheter l'essence, a dit Marcelo.

Nous sommes sortis contents de l'atelier après avoir échangé de solides poignées de main avec les hommes du rail. Nous avons passé le reste de l'après-midi à découvrir El Maitén, nous avons trouvé à nous loger dans une pension aux lits durs puis nous sommes entrés dans un restaurant dont le nom nous avait séduit : le Patagonia Express, et là nous avons mangé un des meilleurs *matambres*[*] de notre vie. Après quoi, assis dans un parc, nous avons regardé les milliers d'étoiles qui illuminent le ciel patagon. Curieusement, le vent soufflait ce soir-là en rafales douces, presque aimables et, soudain, en nous passant la bouteille de vin que nous avions amenée, nous avons découvert que nous ruminions les mêmes pensées.

Ce voyage portait le sceau indélébile des adieux. Au sud du 42e parallèle, partout où nous allions, on nous disait que tout changeait très rapidement, et

* Roulades de bœuf aux œufs durs.

pas dans le bon sens. Dans les années 70, des gens disparaissaient, avalés par la machine de l'horreur, aujourd'hui c'étaient des choses qui disparaissaient, des faits qui jusque-là avaient existé naturellement, comme une partie indiscutable de la vie et qui, soudain, n'étaient plus là. Parents et professeurs découvraient tout à coup que les fonds de l'Etat garantissant la cantine scolaire avaient disparu tout comme une partie des salaires, les fonctionnaires recevaient des bons de paiement, des bouts de papier sans cours légal qu'on pouvait échanger pour une valeur beaucoup plus faible que celle qu'ils prétendaient avoir contre des marchandises, du pain, du lait, dans des commerces dont les propriétaires avaient, comme par hasard, des accointances avec les familles des gouvernants. Dans les hôpitaux de Patagonie, les médicaments disparaissaient et il n'y avait pas d'argent pour les remplacer, les instances auxquelles on aurait pu s'adresser n'existaient pas non plus et le fantôme des privatisations ajouté à l'hypothèse de voir arriver dans le pays des médicaments fabriqués à l'étranger, à des prix « plus compétitifs », ne calmaient pas l'angoisse des médecins et des malades. Pendant notre dîner, un couple assis à la table voisine parlait de partir, d'émigrer sans trop savoir vers où. D'une voix brisée, l'homme disait que tout était pourri, qu'il n'y avait pas d'avenir. Après un court silence, la femme lui a demandé si l'endroit où ils iraient peut-être leur permettrait de vivre mieux. Alors l'homme a rempli son verre de vin et a regardé le sombre liquide avant de lui répondre qu'il ne savait pas mais que ça lui était égal, parce que son espoir aussi avait disparu.

À El Maitén, comme dans tant d'autres agglomérations des lointaines provinces du Sud, les gens venaient régulièrement s'asseoir dans les gares pour regarder passer le train. Cette habitude corroborait l'existence du temps et de l'univers : si le train passait c'est qu'il venait d'un endroit pour se rendre dans un autre. Nous buvions du vin en regardant les étoiles, El Maitén était plongée dans l'obscurité et, dans un des virages de la steppe, les kidnappeurs de La Trochita se plaignaient sans doute du manque de confort des wagons. Et du haut de son humilité digne de chromo fumé, la vierge de Luján devait les regarder avec des yeux encore plus tristes car la tristesse est tout ce que les vainqueurs laissent sur leur passage.

Le lendemain, à sept heures du matin, nous avons interrompu des footballeurs lève-tôt pour rejoindre Marcelo qui nous attendait près de son vieux mais impeccable biplan Curtiss Falcon. Cet avion était un véritable vétéran des airs. Marcelo nous a raconté plus tard qu'il l'avait acheté à un pilote qui avait essayé de créer un service postal. Ce dernier l'avait lui-même acheté à un autre pilote, lequel transportait de temps en temps un passager par voyage et traînait au-dessus des villages étonnés la banderole publicitaire d'une pharmacie ou d'une boutique de chaussures.

– Regarde un peu, Chilien, la panse de cet animal, il a des poignées de torpille et il est possible que ce soit un des avions qui ont bombardé l'escadre chilienne pendant le soulèvement de l'armée, en 1931, a dit Marcelo en caressant son grand oiseau.

Mon *socio* n'est pas un fanatique des voyages en avion, ni dans un confortable appareil d'Air France ni, encore moins, dans un Curtiss Falcon vieux comme Hérode. Il s'est mis à grogner des mots inintelligibles jusqu'à ce qu'une question de Marcelo nous fasse comprendre qu'il avait envie d'être dans les airs.

– Vous deux et les appareils photo, ça pèse combien d'après vous ?

– Eh bien… dans les cent cinquante kilos, lui ai-je répondu.

– Ça va tenir. Allons-y, les gars, car la matinée est superbe.

Nous sommes montés à bord et notre installation n'a pas été facile. Marcelo a pris place à la poupe où se trouvaient les commandes du Curtiss et nous entre les deux ailes. Mon *socio* pesait vingt kilos de moins que moi, il s'est assis entre mes jambes en agrippant d'une main le sac contenant ses appareils et de l'autre la ceinture de sécurité tout juste assez longue pour mon tour de taille.

– C'est parti, les gars, a crié Marcelo et l'avion s'est mis à rouler vers le bout du terrain.

J'ai volé dans différents appareils et dans plusieurs pays et cette expérience me permet de me rallier à ceux qui déclarent avec emphase que les meilleurs pilotes du monde se trouvent en Patagonie. Marcelo était l'un d'entre eux. Il a fait s'élever doucement le vieux Curtiss sous un ciel bleu transparent, sans un seul nuage, sans autre présence que celle du vent éternel de la Patagonie.

Après avoir volé dix minutes au-dessus de la steppe, nous avons suivi la ligne de chemin de fer jusqu'au moment où nous avons vu La Trochita. Le vieux Patagonia Express se déplaçait lentement, un épais sillage de fumée sortait de la cheminée de la locomotive avant d'être aussitôt dispersé par le vent. Depuis la plaine infinie, le vieux train nous envoyait des signaux de vapeur et de fumée, nous invitait à nous approcher pour rencontrer cet ami aux muscles de fer et au cœur de feu.

En survolant le train, à une centaine de mètres d'altitude, nous avons reconnu le Cubano-Américain et d'autres gringos qui, penchés aux portières, gesticulaient énergiquement pour nous ordonner de nous éloigner. Le plus insistant était le chef de gare. Mon *socio* en a oublié sa peur de l'altitude, il a bredouillé un « tiens-moi les jambes », s'est levé et a empoigné son appareil photo.

Nous avons volé au-dessus du train, tout près du train, face au train, nous l'avons suivi, presque collé à ses flancs, dans les deux directions tandis que les propriétaires momentanés de La Trochita passaient des « éloignez-vous », des « pas de photos » aux gestes obscènes. Marcelo riait à gorge déployée.

– Est-ce que vous vous rappelez, les gars, le roman de Soriano ? nous a-t-il demandé entre deux éclats de rire emportés par le vent.

On se rappelait, bien sûr, *Jamais plus de peine ni d'oubli*, ce formidable roman de Soriano dans lequel Cerviño, un personnage très semblable à nous joué par le grand Ulises Dumont, bombardait de fumier ceux qui tentaient de lui voler ses rêves.

Comme celui de Soriano, notre avion s'appelait Torito, écrit en lettres rouges sur son fuselage de

grosse toile. Il ne nous manquait plus qu'une cargaison de merde à laisser tomber sur ces gringos.

– Vole, Torito, vole mon vieux ! a crié Marcelo en passant une fois de plus au-dessus de La Trochita dont la locomotive soufflait bruyamment, gagnée peut-être par notre joie vengeresse.

Nous avons atterri sur le terrain de football avec la même douceur qu'au décollage. Un peu courbatus, nous sommes descendus du Curtiss et nous avons aidé Marcelo à couvrir l'avion d'une grosse bâche. Nous avions réussi à photographier le vieil express patagon, le légendaire Patagonia Express, et nous nous tenions pour satisfaits mais, dans l'atelier, les cheminots nous réservaient une surprise.

En nous voyant approcher, l'un des vieux est sorti et a demandé à Marcelo de nous faire visiter la gare. Nous l'avons suivi et découvert les guichets fermés, la salle d'attente avec ses rangées de bancs en bois, le poêle pour chauffer l'eau du maté qui accompagne immanquablement les voyageurs. Sur le quai, un réceptacle en ciment et un curieux écriteau, déjà vu sous d'autres latitudes et toujours dans des gares abandonnées a attiré notre attention. On y lisait « Prière de ne pas cracher par terre » et nous avons dit à Marcelo que nous avions déjà vu cet écriteau, par exemple dans un des superbes trains qui traversaient le nord de l'Argentine, le mythique « train des nuages » qui partait de Salta et remontait lentement la cordillère jusqu'à La Quiaca, la frontière avec la Bolivie.

Notre conversation a été interrompue par le sifflet caractéristique d'un train et, en retournant dans l'atelier, nous avons vu l'imposante locomotive Maffei 350 mettre ses bielles en mouvement, faire tourner ses roues, lancer une épaisse colonne de fumée et tirer deux wagons de passagers. Elle s'est lentement rapprochée des rails principaux et l'un des vieux s'est chargé d'actionner le levier qui les a ajustés pour permettre au train d'y circuler.

– Voilà le vieux Patagonia Express, les gars ! Vous voulez faire un tour ? a demandé un des cheminots.

On se regardait tous, on regardait aussi le train qui piaffait à l'idée de partir vers la steppe, on a échangé de solides poignées de main avec ces hommes qui manifestaient la plus saine des fiertés, celle du travail bien fait, celle d'être partie intégrante d'un conglomérat nécessaire, la fierté de classe tout simplement.

– Les gringos sont plus au nord, on se dirigera donc vers le sud, a dit le machiniste.

Alors mon *socio* a eu la plus brillante des idées.

– Et si on annonçait aux gens du village que le train va passer ?

– Super, les gars ! s'est écrié le chef d'atelier et Toñito a reçu l'ordre de courir prévenir les gens d'El Maitén que le train pour Esquel démarrerait dans deux heures, et gratis.

Et exactement deux heures plus tard, avec une ponctualité exceptionnelle, la locomotive a lâché des jets de vapeur qui ont plongé le quai dans la brume, le chauffeur s'est mis à jeter des pelletées de charbon dans la chaudière et nous nous sommes installés dans les deux wagons avec une cinquantaine de personnes ravies de pouvoir de nouveau compter sur leur unique moyen de transport.

Toñito a commencé à jouer de l'harmonica à côté d'une dame qui se rendait à l'hôpital d'Esquel, Marcelo nous a présenté une belle jeune fille parée d'une écharpe portant l'inscription « Miss Trochita 1995 », la dernière reine de beauté de la grande famille des cheminots de Patagonie, un vieux professeur aux épaisses lunettes qui grossissaient ses pupilles a annoncé qu'il allait réciter un poème et ses vers ont parlé de la plénitude d'un voyage vers l'espoir. Une guitare a pris la suite, c'était le meilleur des accompagnements pour naviguer lentement à travers la steppe.

Ce voyage était une fête. Pour mon *socio* et pour moi, il a été le plus beau voyage de notre vie car il était né de la détermination d'un groupe d'hommes qui, ignorant les représailles évidentes dont ils feraient l'objet, avaient décidé que deux voyageurs venus de très loin seraient les témoins de leur amour du travail.

L'air de la steppe était pur, les visages penchés aux portières souriants, la colonne de fumée crachée par la locomotive assurée, le sifflet annonçant le passage du train clair et omniprésent, souple la vigueur des bielles qui, de toute la force de l'acier, actionnaient les roues et le bercement invitait à accepter le maté de son voisin tandis que les conversations passaient en revue tous les sujets de la vie.

Ce fut un voyage joyeux, très joyeux, car ce fut Le Dernier Voyage du Patagonia Express.

El Duende*

Nous sommes arrivés à El Bolsón, un lieu tolkénien au beau milieu de la Patagonie, avec deux intentions bien arrêtées : mon *socio* voulait goûter les fameuses fraises de la région et moi je rêvais d'une baignoire avec de l'eau chaude pour me débarrasser de la poussière accumulée après plusieurs semaines de voyage.

El Bolsón offre l'air transparent de « la Contrée » et je me demande si Tolkien n'y a pas séjourné avant d'écrire *Le Seigneur des Anneaux*. La ville se dresse au milieu d'une vallée très fertile et le tracé de ses rues lui donne un air de village de pionniers mais de pionniers vêtus en hippies des années 60 et qui affirment avec un parfait naturel avoir des contacts fréquents avec des fées, des elfes et des lutins.

Nous marchions vers la place d'armes, mon *socio* avec son appareil prêt à photographier le premier individu aux oreilles pointues qui croiserait notre route quand j'ai senti une toute petite main tirer mon pantalon. J'ai cru qu'il s'agissait d'un enfant mais, en

* Le lutin.

El duende

me retournant – et mon *socio* a fait de même – nous avons vu un lilliputien entièrement vêtu de rouge, coiffé d'un béret également rouge sur lequel était brodé « El Duende ».

Une épaisse barbe grisonnante couvrait pratiquement son visage et les rides autour de ses yeux fatigués accusaient un âge avancé, confirmé par les veines et les taches de ses mains.

Le petit homme en rouge nous arrivait aux genoux et parlait un jargon inintelligible, comme nous ne le comprenions pas, il nous a indiqué par gestes qu'il voulait une cigarette. En s'agitant, il remuait des oreilles pointues et un nez long et très fin.

Je lui en ai offert une, avant de la porter à ses lèvres il a grimpé sur le rebord d'une vitrine et, par gestes, m'a demandé du feu. Je lui ai tendu mon briquet, il a aspiré et a été pris d'un accès de toux qui l'a obligé à redescendre sur le sol. Il m'a lancé un regard furieux, a jeté la cigarette, murmuré des mots qui, bien qu'incompréhensibles et étouffés, ressemblaient à des insultes et s'est éloigné en toussant. Apparemment, lutins et tabac brun ne font pas bon ménage.

– C'était quoi ? a demandé mon *socio*.

Non loin de là, il y avait un bar avec des tables dans la rue, nous y avons pris place et commandé une bière. Sans un mot, nous avons savouré l'excellente bière d'El Bolsón et, quand une sympathique serveuse est venue nous demander si nous voulions autre chose, je lui ai raconté ce que nous avions vu.

– Ah oui ! C'est Coquito, El Duende, nous a-t-elle répondu.

– On parle bien du nain habillé en rouge ? ai-je insisté.

La serveuse nous a gratifiés d'une petite conférence sur l'art de faire la différence entre un nain et un lutin en insistant sur les détails anthropomorphiques des nains dont le fameux Coquito était totalement dépourvu parce que c'était un lutin et toute discussion à ce sujet revenait à chercher midi à quatorze heures.

– Mais je croyais que les lutins vivaient dans les bois, ai-je objecté.

– Oui, aussi. Par ici les bois sont pleins de lutins mais Coquito aime bien boire un coup, c'est pourquoi il vit chez nous.

Nous avons passé trois jours à El Bolsón, sans nous laisser convaincre par les mérites du régime végétarien, nous avons passé la nuit chez une institutrice, repris des forces et, entre-temps, j'ai essayé d'en savoir un peu plus sur l'étrange personnage que nous rencontrions dans tous les bistrots, à la foire artisanale ou à la poste où nous étions allés téléphoner quelques minutes à nos familles. Il était partout. Sa petite taille prédominait, même si ça a l'air d'un contresens, et les gens l'invitaient de bon cœur à boire un maté ou un verre.

– C'est un peu notre talisman. S'il porte bonheur ou non, ça reste à prouver, nous a dit un vendeur du marché.

– Il adore le vin et la bière. Je ne sais pas si les autres lutins picolent autant mais notre Coquito est une éponge, nous a confié la pharmacienne du village.

Tout le monde parlait de lui avec sympathie et nous avons eu beau insister pour savoir qui il était, d'où il venait, quel âge il avait, nous n'avons obtenu que des réponses évasives. C'était un lutin à moitié alcoolique, il était là et voilà tout.

El Bolsón se trouve dans une vallée fertile, d'une beauté saisissante, et il est probablement habité par des Européens ou leurs descendants depuis la fin du XIXe siècle. C'est aux historiens de dire si les Mapuches ont négligé la vallée pour une raison quelconque ou s'ils en ont été chassés à la suite de batailles auxquelles on s'intéressera un jour. En vérité, il n'existe pas de renseignements dignes de foi qui permettraient de savoir à quel moment il s'est transformé en projet d'agglomération, enclave de colons ou poste avancé, mais il est plus ou moins établi qu'en 1902, quand on a délimité la frontière entre l'Argentine et le Chili, les habitants ont continué à se sentir très loin de tout et abandonnés à leur sort.

Malheureusement, le monde austral a toujours été la destination de nombreuses canailles et d'illuminés venus chercher une fortune rapide. Citons, par exemple, Julius Popper, un Roumain naturalisé argentin qui, après avoir obtenu un financement de l'État pour une exploitation aurifère en Terre de Feu, leva une petite armée de mercenaires croates portant l'uniforme des zouaves et, en septembre 1886, prit possession de la Terre de Feu au nom de la reine Carmen Silva de Roumanie. Le gouvernement argentin n'apprécia pas la plaisanterie mais se trouva dans l'impossibilité de réagir car Popper s'était installé sur

la partie chilienne de la Terre de Feu. On pense qu'il avait mis au point un mécanisme assez efficace pour laver l'or mais, ce qui est sûr, c'est qu'il a investi l'or qu'il a trouvé dans une monnaie à son image, des pièces aujourd'hui très appréciées des numismates, qu'il fit imprimer des timbres-poste qui ne servirent jamais à affranchir la moindre lettre et fut un misérable assassin qui extermina l'ethnie Ona.

À El Bolsón arriva un autre illuminé mais d'un genre différent : en 1912, un Allemand du nom d'Otto Tip, qui avait essayé sans succès de cultiver le houblon dans le sud du Chili, traversa la frontière pour s'installer dans cette vallée fertile et, au bout de deux ans, commença à fabriquer de la bière pour le plus grand bonheur des premiers habitants du coin. D'après la légende, quand le mousseux breuvage était prêt, l'Allemand hissait un drapeau blanc et invitait tout le monde à boire à cœur joie. Au cours d'une de ces bringues, il réussit à convaincre les habitants de la nécessité de se séparer de l'Argentine et de devenir une république indépendante. Otto Tip fut donc le premier président de la République indépendante d'El Bolsón qui dura trois mois et retomba aussi naturellement que la mousse avant l'arrivée des troupes envoyées par le gouvernement de Buenos Aires.

Mais Coquito, El Duende, était là. Ce n'était pas une hallucination provoquée par les nombreuses bières que mon *socio* et moi avions descendues.

Nous avons employé notre deuxième nuit à El Bolsón à régler leur compte à deux énormes biftecks accompagnés des merveilleux légumes du coin et,

soudain, au moment où nous commandions une nouvelle tournée de bière, nous avons découvert El Duende près de notre table.

Il nous a observés de ses yeux minuscules, a bougé ses oreilles et son nez pointu de lutin.

– Tu as faim ? Tu veux manger avec nous ? lui a demandé mon *socio*.

Il a répondu dans son jargon habituel mais, cette fois, nous avons réussi à comprendre trois mots : « pesito », « coquito », « coup ».

– Alors tu t'appelles Coquito et tu veux quelques pesos pour boire un coup. Mange avec nous, Coquito, lui a proposé mon *socio*.

Le lutin a accepté, a posé sa canne et grimpé sur une chaise.

Nous avions l'intention de commander pour lui un bifteck juteux comme celui qui était dans nos assiettes mais le patron connaissait notre invité et les limites digestives propres à son âge, il lui a donc servi une bonne soupe et le petit homme s'est mis à manger avec enthousiasme.

De quoi parle-t-on avec un lutin ? Nous lui avons proposé une bière mais, entre deux cuillérées de soupe, il a murmuré le mot « vin ». Nous avons alors commandé une bouteille de Malbec et trinqué avec lui.

Le vin l'a rendu loquace et, même s'il était difficile de comprendre ce qu'il disait, au dessert il nous a plus ou moins raconté ceci :

Il y a longtemps, si longtemps qu'il ne s'en souvenait pas avec exactitude, il était un lutin parmi tous ceux qui habitaient Lutin-Ville, un lieu magique et secret, caché dans les forêts de la précordillère et proche de Epuyen. Il y vivait heureux, occupé à faire ce que font les lutins, c'est-à-dire courir dans les bois, ramasser des glands et des fraises sauvages en respectant rigoureusement le code en vigueur chez les lutins qui leur interdisait expressément de se faire voir et surtout d'avoir le moindre contact avec des gens. Mais un jour – nous a-t-il assuré au moment où on débouchait notre deuxième bouteille de vin – il tomba nez à nez avec une belle jeune fille du nom de Tamara Díaz et en tomba amoureux comme seul un lutin peut tomber amoureux. Violant le code de ses semblables, il lui parla et elle lui répondit qu'elle le trouvait sympathique, minuscule mais sympathique, et ils décidèrent de se revoir au même endroit. Un autre lutin le dénonça, semble-t-il, et ce mouchardage eut pour conséquence une assemblée au cours de laquelle il fut décidé de le punir. On le priva de ses pouvoirs de lutin, on lui fit atteindre la taille d'un enfant de cinq ans, on l'accompagna jusqu'aux limites de la forêt et là, au moyen de formules magiques, on lui fit oublier le chemin de retour à Lutin-Ville.

– L'amour est donc la cause de ton exil, ai-je conclu.

– Encore du vin, a répondu Coquito.

Il a bu deux ou trois verres de plus et, soudain, il n'était plus là. Dommage car il a manqué les délicieux pancakes à la confiture de lait, et à l'instant où nous allions demander l'addition, le patron est arrivé avec une bouteille de liqueur aux herbes sauvages.

– Vous voulez savoir la vérité ? nous a-t-il demandé en remplissant les verres.

D'après sa version, un homme du nom de Toribio Bermúdez l'avait trouvé, couché par terre à l'entrée du village, nu et à demi mort de froid. Une vingtaine d'années étaient passées depuis, personne ne comprenait le jargon du petit bonhomme jusqu'au jour où un colporteur originaire de Trevelín avait cru reconnaître certains mots en gaélique, une langue qu'il baragouinait, aussi lui avait-on demandé de servir d'interprète. La seule chose qu'on avait réussi à savoir c'est que c'était un lutin et qu'il demandait avec insistance après la belle Tamara.

Le patron était né à Mendoza et ne croyait pas aux lutins. Il se rappelait que, peu avant l'arrivée du petit bonhomme, un cirque itinérant était passé à El Bolsón et que des nains irlandais déguisés en lutins en étaient la principale attraction.

– Vous avez déjà vu des Irlandais picoler ? Moi, je crois qu'il faisait partie de ces nains qui faisaient un barouf du tonnerre quand ils étaient soûls. Il a dû tomber du camion au moment du départ ou être poussé dehors par les autres nains, nous a-t-il dit d'un ton sentencieux.

– Peut-être mais il a des oreilles pointues et un nez de lutin, a objecté mon *socio*.

– Mon frère, ici, nous avons tous de drôles d'oreilles car, en hiver, les engelures ne plaisantent pas. Quant à son nez, eh bien Coquito fréquente toutes sortes de gens de passage à El Bolsón, des rastas, des hippies, des camés en tous genres et, comme il est sympa, ils lui filent un joint, un rail de coke, un comprimé d'amphétamine, voilà pourquoi il a un nez comme ça.

La matinée était lumineuse et nous nous apprêtions à quitter El Bolsón pour poursuivre notre route vers le sud du monde. Mais, avant de partir, nous avons décidé de prendre un dernier café dans la ville, un homme cérémonieux que nous connaissions comme l'un des poètes qui vendait ses vers à la foire artisanale s'est alors approché.

– On vous a menti, les gars, nous a-t-il dit en s'asseyant à notre table.

– Peut-être mais en quoi ? a demandé mon *socio*.

– À propos de Coquito. Comment pourrait-il être irlandais ? Il est argentin et ce que je vais vous dire est confidentiel, les gars. Il est arrivé à El Bolsón en 1954, c'était le représentant personnel de Juan Domingo Perón et de la Fondation Evita Perón. Il avait les pleins pouvoirs pour aider les gens dans tous les domaines. Il a été accueilli en fanfare et s'est installé au Piltriquitrón, le plus chic des hôtels de Patagonie. Il s'appelait Omar Villalba et, malgré sa petite taille, le type avait une grande autorité, les gendarmes lui rendaient les honneurs et les gens l'aimaient parce qu'il se démenait pour arranger les choses. Il allait à El Manso et offrait deux fourneaux de cuisine, distribuait des sacs de sucre à Puelo, dotait l'école de Mallín d'un tableau. Il a acheté des douzaines de ponchos aux Mapuches pour les donner aux plus pauvres en leur disant que les manteaux c'est pour les docteurs et les ponchos pour les gens qui travaillent. Il s'est fait aimer de tous jusqu'au jour où le commandant de gendarmerie l'a arrêté sous prétexte que c'était un imposteur, que le véritable Omar Villalba, très petit lui aussi, se trouvait à Bariloche, dans une situation humiliante, il servait de garantie en attendant que la délégation péroniste ait payé une semaine de bamboche dans le bordel d'une Suissesse. Ils ont arrêté Coquito, l'ont maltraité, et vous savez ce qu'il a dit au commandant ? Il lui a dit, c'est drôle la vie, il y a quelques jours vous me ciriez les pompes et aujourd'hui je dois vous lécher les bottes. Coquito a été passé à tabac et il lui est resté cette manie de se prendre pour un lutin.

– Alors il ne s'appelle pas et ne s'est jamais appelé Omar Villalba, ai-je dit au poète.

– Quelle importance ? Coquito est un brave homme.

Nous avons pris congé du poète car la route nous appelait. À la sortie du village, Coquito nous a fait un geste d'adieu.

Les années ont passé et, un jour, à Gijón, notre ami Lucas Chiappe nous a raconté que Coquito avait disparu. Il vivait dans une maison minuscule au bord du fleuve Quemquemtreu et sculptait de petits lutins qu'il vendait aux touristes. Ne l'ayant pas vu depuis plusieurs jours à El Bolsón, certains sont allés voir s'il lui était arrivé quelque chose et la seule chose qu'ils ont trouvée, c'est sa canne.

On n'a jamais su son nom, son âge, d'où il venait ni où il s'en est allé car tel est le destin des lutins.

Gas Oil
YPF

Gauchos de Patagonie

Ce matin-là, nous avons quitté Cholila de bonne heure après avoir rendu à la boucherie les clés de l'hôtel dont nous avions été les seuls clients et nous avons pris la route avec une bonne provision de maté, de l'eau chaude et un formidable salami offert par le patron de l'hôtel.

Je sortais d'une coqueluche que j'avais traînée pendant plusieurs jours, à tousser à en perdre le souffle et à essayer de trouver un soulagement dans le seul médicament offert dans les *pulperías* de la steppe : le sirop d'eucalyptus. Par bonheur, j'avais trouvé à Cholila un bon expectorant et des antibiotiques qui m'avaient débarrassé de ma toux.

– On prend quelle direction, don Eucalyptus ? m'a demandé mon *socio* installé au volant.

– Vers le sud, toujours vers le sud, *socio*.

La steppe patagone invite les humains au silence car la voix puissante du vent raconte toujours d'où il vient et, chargé d'odeurs, dit tout ce qu'il a vu.

Nous avons donc fait en silence une centaine de kilomètres sur la route de graviers, croisé une ou deux fois des véhicules en suivant le même rituel :

ralentir et mettre les mains sur le pare-brise au cas où le passage de l'autre voiture ferait sauter un caillou.

Il était près de midi quand nous nous sommes arrêtés pour siroter du maté, assis au bord du chemin. C'est alors que nous avons vu un cavalier s'approcher au grand galop dans la steppe.

Quand il a été à une cinquantaine de mètres de nous, il a fait passer sa superbe monture du galop au trot puis au pas. Entièrement vêtu de noir, il avait un foulard rouge autour du cou, comme pour une fête et, quand nous l'avons invité d'un geste à partager le maté de la calebasse, il a mis pied à terre. Dans son dos, le long couteau d'argent glissé dans sa ceinture a étincelé.

C'était un jeune gaucho qui buvait le maté en regardant ses bottes et, à la fin du troisième, il a dit merci pour faire comprendre que c'était suffisant et a pris son cheval par la bride.

– Vous allez chez don Pascual ? nous a-t-il demandé.

– On ne sait pas. Qu'est-ce qui se passe chez don Pascual ?

– La marque, bien sûr. Avec ce beau ciel sans nuages, rien d'autre ne pourrait se passer. Allez-y, vous verrez, a-t-il dit avant d'éperonner son cheval et de s'éloigner au grand galop.

Nous avons mis le moteur en marche et suivi le nuage de poussière laissé par le gaucho parallèlement à la route. Quelques kilomètres plus loin, nous sommes tombés sur une barrière ouverte et un autre cavalier nous a fait signe d'entrer.

– C'est par là qu'on va chez don Pascual ?

– Allez par là-bas, toujours par là-bas, nous a-t-il répondu en fermant la barrière avant de s'éloigner lui aussi au galop.

Nous sommes arrivés sur une esplanade entourée de piquets et plantée d'arbres à l'ombre accueillante. Nous avons vu des gauchos conduire des veaux vers un corral, près des arbres, d'autres faisaient rôtir une rangée d'agneaux crucifiés et deux génisses ouvertes comme des livres. Le fumet de la viande grillée vous mettait l'eau à la bouche.

Abandonnant la voiture, nous nous sommes approchés d'un groupe de gauchos, tous très élégants, vêtus de noir, un foulard rouge autour du cou, qui montraient avec des gestes lents, harmonieux et dignes ce qu'ils étaient capables de faire avec un lasso, au centre de l'esplanade.

D'un léger mouvement du poignet, l'un d'eux faisait tourner la corde faite de bandes de cuir tressées, pour former un cercle parfait au-dessus de sa tête, puis le faisait descendre au niveau de ses épaules, de sa taille, presque jusqu'au sol. Un autre dessinait un anneau vertical à travers lequel il passait plusieurs fois au milieu des approbations de ses collègues.

Nous avons contemplé avec admiration ces gauchos jusqu'à l'arrivée d'un homme âgé, de forte constitution, coiffé d'un béret enfoncé jusqu'aux yeux.

– Vous connaissez les bêtes enfermées dans l'enclos ? Ce sont des génisses et, bientôt, elles deviendront des vaches. Certains les trouvent laides mais il faut savoir les regarder. À l'intérieur, elles sont pleines de biftecks, de filets, de ris, de

lait, de fromage et, à l'extérieur, elles sont couvertes de chaussures, de ceintures, de blousons et même de porte-clés, nous a-t-il dit en nous tendant la main.

– Don Pascual ?

– Lui-même. D'où vous venez les gars ?

Nous lui avons répondu que nous étions deux voyageurs qui voulaient raconter comment étaient les gens de la Patagonie. Il nous a écoutés attentivement et, quand nous lui avons demandé la permission de faire des photos, il a acquiescé d'un hochement de tête et nous a recommandé de commencer par un certain Guillermo.

Après quoi il a sifflé et, depuis l'enclos, un cavalier lui a demandé ce qu'il voulait d'un signe de tête.

– Fais venir Rase-Mottes, a ordonné don Pascual.

Un cavalier s'est alors approché, il portait de larges jambières de protection et un gros blouson en laine et, quand il se déplaçait, il était difficile de déterminer la ligne de séparation entre le corps de l'homme et celui du cheval. Ils formaient un tout synchronisé jusque dans les plus légers mouvements. Il n'était pas vêtu avec l'élégance des gauchos qui continuaient à forcer l'admiration par leur dextérité au lasso mais je n'avais jamais vu quelque chose qui ressemblât autant à un centaure.

Nous avons appris plus tard que les gauchos des environs venaient participer au marquage, c'était un travail festif, réalisé dans la joie, et les conducteurs de troupeaux y assistaient aussi, des hommes solitaires comme Guillermo qui ramenaient le bétail de leur lieu d'hivernage dans la précordillère.

– À votre service, don, a-t-il dit en saluant.

– Comme tu es le plus beau, on va te prendre en photo.

– En haut ou en bas ? a-t-il demandé.

Mon *socio* s'est approché de lui, lui a tendu la main et lui a expliqué qu'il allait le prendre en photo monté sur son cheval et qu'il ne devait pas être nerveux parce que la première était un essai. Il l'a cadré avec son polaroïd et, après le clic de l'obturateur, la langue blanche est sortie, sans la moindre image. Don Pascual et plusieurs gauchos se sont approchés et, avec de grandes exclamations, ont salué l'apparition des taches de lumière et d'ombre jusqu'à ce que l'image se montre dans toute sa netteté.

– C'est toi, Rase-Mottes, c'est toi, s'est écrié l'un d'eux.

Mon *socio* lui a remis la photo et l'homme l'a d'abord regardée avec étonnement puis il a souri, l'a de nouveau regardée, a palpé sa barbe pour vérifier peut-être si c'était bien celle qu'il voyait, puis son béret, ses jambières de fier cavalier et, finalement, a caressé la tête de son cheval.

– Je suis comme ça ? a-t-il demandé en rendant la photographie.

– Elle est pour vous, don Guillermo, gardez-la, lui a dit mon *socio*.

L'homme a mis pied à terre – nous avons compris pourquoi on l'appelait Rase-Mottes – et il a montré la photo au milieu des exclamations joyeuses. C'était la première fois qu'il voyait son image sur un cliché et, comme il ne cessait de le répéter, Canelo, son cheval, lui non plus n'avait jamais été pris en photo.

Mon *socio* s'est éloigné avec ses appareils et je suis resté à regarder un lasso voler et retomber

autour du cou d'une génisse, le gaucho la conduisait alors jusqu'au centre de l'esplanade où, à trois, on l'immobilisait sur le sol, couchée sur le flanc, tandis qu'un autre arrivait avec un fer chauffé au rouge et le plaquait sur la peau de l'animal avec une délicatesse dictée par des années d'expérience, marquant la peau velue de la génisse sans jamais brûler ses chairs.

Une centaine de bêtes furent ainsi marquées au milieu des approbations jusqu'au moment où le tintement d'une cloche nous a indiqué que nous devions rejoindre l'ombre des arbres.

Les épouses, les filles, les fiancées et les sœurs des gauchos avaient dressé une énorme table couverte de salades alléchantes, de plateaux chargés de centaines d'empanadas et la main énergique de l'aînée des femmes coupait et distribuait des tranches de pain tout juste sorti du four. Nous avons également reçu notre part et, avec les autres gauchos, nous avons rejoint don Pascual qui, avec son grand couteau à manche d'argent, découpait d'irrésistibles morceaux de viande juteuse, odorante, et les déposait sur le pain.

Il existe un avant et un après quand on a mangé un *asado* au milieu des gauchos les plus authentiques, de ceux qui considèrent le travail non comme une malédiction biblique mais comme la façon la plus digne d'être sur terre.

Nous nous sommes empiffrés, passant du veau à l'agneau, croustillant et sans la moindre graisse et, tout en baptisant le vin avec un peu de soda, nous avons vu les animaux crucifiés disparaître et se transformer en squelettes pour la plus grande joie des chiens.

Quand les femmes ont annoncé l'arrivée du café et des tartes, un accordéon et une guitare ont fait aussi leur apparition. Après avoir accepté le maté pour faire descendre les viandes, nous avons décidé que le moment était venu de poursuivre notre route. En Patagonie, on apprécie celui qui arrive respectueusement tout comme celui qui s'en va à temps, au nom de ce même respect. L'heure de la guitare est aussi celui des confidences, des épanchements entre deux verres de genièvre.

Après avoir pris congé avec d'énergiques poignées de main, des « bonne chance, les gars » débordants de sincérité, nous sommes partis et, dans la voiture, nous avons découvert qu'on nous avait préparé des « gâteries » pour la route : du pain, de la tarte, des fruits et même une bouteille de vin.

Avant de franchir la barrière et de reprendre la piste, nous sommes descendus de voiture pour crier à pleins poumons : « bonne chance, les amis » et nous avons mis le cap au sud. Toujours au sud.

Le cinéma du bout du monde

Un vent glacé balaie les rues de Punta Arenas et agite les eaux couleur d'acier du détroit de Magellan. Nous sommes à la mi-mars et les vols d'outardes qui abandonnent la Terre de Feu indiquent la fin du bref été austral. Très bientôt les jours vont raccourcir, la Patagonie deviendra la patrie du froid, de la neige, des longues nuits et, des deux côtés du détroit, les habitants se demanderont : et maintenant, qu'est-ce qu'on fait ?

C'est la question que se posèrent, il y a plus de quatre-vingt-dix ans, deux pionniers de la Terre de Feu : Antonio Radonic, un Croate pour qui l'idée de la fortune consistait à trouver un coin tranquille pour vivre en paix, et José Böhr, un Allemand qui avait parcouru le monde de Constantinople à Santiago avant de se fixer dans le monde austral. Ils étaient arrivés ensemble dans ce qui était à peine un groupe de quatre à cinq maisons construites face à la Bahía Inútil et avaient participé à la cérémonie du baptême de cet endroit éternellement fouetté par le vent auquel on avait donné le nom prometteur de Porvenir.

Je suppose que pendant leur première nuit hivernale, quand le vent menaçait d'emporter les tôles ondulées protégeant les murs et que le réconfort du maté amer agrémenté d'un peu de malice, l'eau-de-vie, était la seule manière efficace de garder la chaleur, ils durent probablement rajouter du bois dans le poêle avant de se demander : et maintenant, qu'est-ce qu'on fait ?

Et la réponse fut : on va ouvrir un cinéma. La première salle de cinéma du bout du monde. Antonio Radonic avait vingt et un ans et José Böhr dix-neuf.

– On va être secoués, nous prévient le pilote du Piper d'un blanc de cygne qui nous attend sur l'aérodrome de Punta Arenas.

Porvenir est pratiquement en face de Punta Arenas mais, avec des vents de cent cinquante kilomètres à l'heure, il est impossible de voler en ligne droite au-dessus du détroit de Magellan. Il faut faire un long détour en direction de l'Atlantique pour chercher un des fjords étroits qui, une fois de l'autre côté, permettent d'atterrir en cas d'urgence.

J'ai souvent répété que les pilotes de Patagonie sont les meilleurs du monde. Même s'ils ne le disent pas, ils se sentent en quelque sorte les héritiers de Günther Plüschow, un Berlinois arrivé à Punta Arenas en 1929 comme capitaine d'une petite goélette baptisée *Feuerland* – Terre de Feu – avec quatre hommes d'équipage et un chien, « Schnauf », après une traversée commencée deux ans plus tôt à Büssum, dans la mer du Nord. À bord du *Feuerland*, en plus des cinq passagers et du chien, il y avait aussi le Condor d'Argent, un hydravion Heinkel biplace, le premier engin aérien à avoir volé dans le ciel austral.

Günther Plüschow était tombé amoureux du ciel austral et il a tracé les premières routes aériennes, un manuel d'instructions que les pilotes d'aujourd'hui prennent en considération et respectent. Un jour de 1931, il sortit voler dans les environs du glacier Perito Moreno et ne revint jamais.

– Bon, on y va, dit le pilote et le petit avion commence à cahoter sur la piste. Quelques minutes plus tard, nous volons au-dessus d'une colonie de pingouins impassibles qui nous observent avec un désintérêt et un mépris d'aristocrates.

Adolescent, José Böhr avait visité Buenos Aires et avait été séduit, conquis et convaincu par la plus grande des inventions : le cinéma. Il avait vu tous les films possibles dont beaucoup étaient réalisés par les fondateurs du septième art, étudié à fond la technique de l'image et, puisant dans les économies familiales, commandé en France une caméra Pathé, le modèle 1220 pour être plus précis.

Arrivé à Punta Arenas avec cette caméra, il apprit à Radonic tout ce qu'il savait et, en 1916, les deux amis tournèrent un film de huit minutes intitulé *Mariage Yamaná* qui montrait la cérémonie nuptiale entre deux Indiens de cette ethnie australe aujourd'hui disparue. C'est avec ce film, unique témoignage sur les Yamanás, qu'est né le cinéma documentaire chilien.

Böhr, Radonic et les protagonistes yamanás durent attendre un an, jusqu'à ce jour de 1917 où un bateau battant pavillon français jeta l'ancre à Punta Arenas avec son précieux chargement : la bobine contenant le film développé et un projecteur. On passa *Mariage Yamaná* devant un public ébahi d'émigrants, de

TAV

gauchos et d'indigènes, dans une *pulpería* pleine à craquer de Punta Arenas.

Mais, pendant que sa première expérience de réalisateur était développée dans un laboratoire parisien, José Böhr tournait son deuxième film, une fiction cette fois. Pour le décor, il se contenta de la poignée de maisons de Porvenir et Radonic faisait l'acteur, en plus de quelques voisins pas très sûrs de savoir où ils mettaient les pieds.

C'est ainsi que naquit le premier film de fiction réalisé au Chili : *Un billet de loterie*, histoire amusante qui raconte les aventures d'un homme qui, après avoir vérifié dans un journal qu'il a gagné à la loterie, s'en va encaisser son dû mais le vent cruel de la réalité lui arrache son billet des mains.

L'atterrissage en Terre de Feu se fait en douceur et, après avoir rempli les formalités auprès des autorités aéronautiques, nous prenons l'unique taxi de Porvenir pour nous rendre à la première salle de cinéma de Patagonie et de Terre de Feu.

Porvenir est un réseau de rues parallèles orientées d'est en ouest et de transversales qui aboutissent aux eaux de la Bahía Inútil. La plupart des constructions datent de l'époque de la fondation. Elles sont faites avec le bois des anciennes forêts qui couvraient la majeure partie de la Terre de Feu et furent dévastées au nom d'un progrès représenté par les éleveurs dont les vaches et les moutons succombèrent aux rigueurs des températures polaires. Pour protéger les maisons du vent éternel capable de passer même par le chas d'une aiguille, les habitants les ont couvertes de plaques de tôle ondulée. Nous sommes

MANUEL
SEÑORET
798 700

reçus dans l'une d'entre elles par la señora Morrison qui, malgré son espagnol traînant des gens du Sud, continue à se sentir écossaise comme ses parents arrivés à la fin du XIXe siècle, et par don Tomás Radonic, le fils d'Antonio, associé et compagnon d'aventures de José Böhr.

– Écrivez que mon père s'appelait Antonio Radonic Scarpa, je déteste qu'on ignore le nom de ma grand-mère, nous précise-t-il.

Une fois les présentations faites, ils nous offrent un siège près du feu, après quoi un silence embarrassé s'installe que personne n'ose briser. La señora Morrison nous jette des regards méfiants et don Tomás nous observe depuis le fauteuil à bascule où il se balance.

Le feu nous réchauffait mais un je ne sais quoi chez ce couple refroidissait l'atmosphère et nous nous étions habitués aux démonstrations de chaleur humaine dont nous avions fait récemment l'objet. Deux jours avant de traverser le détroit de Magellan, nous avions visité l'endroit où Miguel Littín tournait *Terre de Feu*, un film dont j'avais écrit le scénario et, pendant une des pauses du tournage, j'étais sorti galoper dans la plaine avec mon ami Jorge Perugorría, l'acteur cubain qui jouait le rôle de Julius Popper. Le bonheur de monter deux superbes chevaux qui appréciaient autant que nous la liberté d'une étendue sans limites avait soudain été interrompu par les gestes énergiques que nous faisait un homme de l'autre côté des fils barbelés bordant le chemin. Croyant qu'il nous saluait, nous avons d'abord répondu à son salut mais il a ôté sa veste et l'a agitée pour nous enjoindre de nous approcher en indiquant de la main de le faire lentement, au pas.

Arrivés près de lui, il nous a invités à le suivre, très lentement, jusqu'à une barrière qu'il a ouverte pour nous permettre d'accéder au chemin et là nous a serrés dans ses bras avec effusion.

– Quelle chance, mais quelle chance vous avez eue ! Vous avez risqué votre vie, les gars, nous a-t-il dit entre deux accolades.

Chaque fois que Jorge Perugorría et moi racontons que nous avons galopé dans un champ de mines nous frémissons encore à l'idée d'avoir pu finir en morceaux.

En 1982, la dictature militaire argentine de Galtieri s'est lancée dans l'aventure des Malouines qui a mal fini, et a signifié l'affaiblissement définitif de la puissante caste militaire et parasite qui a dominé l'histoire de l'Argentine pendant de nombreuses années. L'armée et la marine de guerre du Chili, sous les ordres du dictateur Pinochet, ont soutenu en secret l'Angleterre, lui permettant d'utiliser ses bases en territoire austral pour ravitailler ses troupes et lui fournir du renseignement. Le vieux conflit des frontières entre les deux pays s'est alors ravivé. Après sa défaite dans les Malouines, Galtieri avait intérêt à poursuivre et à gagner une guerre moins importante et la possibilité d'un conflit permettait à Pinochet de rester au pouvoir. Pour se préparer à la guerre, Pinochet a donc donné l'ordre de semer des mines antipersonnel sur des milliers de kilomètres carrés du territoire austral. Évidemment, ensuite ils ont oublié de les enlever. En signe d'avertissement, ils se sont contentés de laisser

de petits panneaux de cuivre de couleur jaune avec une tête de mort noire et le vent de la Patagonie les a décolorés quelques mois après leur installation.

C'est sur ces mines que Jorge Perugorría et moi avions galopé et, quand la nouvelle s'est répandue, tous les hommes et les femmes rencontrés à Punta Arenas nous ont manifesté leur joie et leur affection en apprenant que nous étions sortis vivants de cette plaine maudite.

Les militaires chiliens et argentins n'ont laissé que peur et défiance sur leur passage. Peut-être ces gens étaient-ils toujours victimes du fameux « effet militaire ».

– Eh bien, qu'attendez-vous de nous ? a dit enfin la señora Morrison et don Tomás a toussoté pour appuyer la question de son épouse.

– Vous saluer et vous demander l'autorisation de voir la salle de cinéma, lui ai-je répondu et, au même moment, le plus jeune des Radonic, un célèbre footballeur chilien et sa jolie fiancée ont rejoint notre groupe.

– Excusez notre méfiance mais, chaque fois que quelqu'un de Santiago arrive à Porvenir c'est pour emporter quelque chose. Nous avions beaucoup de films et des documents filmés par José Böhr et mon grand-père Antonio, et ils ont tout pris en promettant de les restaurer et de nous en envoyer les copies mais ils n'ont jamais tenu parole. Ils nous ont même proposé de retaper le cinéma et de le déclarer monument d'intérêt culturel. Autant de promesses emportées par le vent, nous a expliqué le jeune Radonic.

Les paroles du jeune sportif ont brisé la glace et la señora Morrison nous a invités à *tomar once*, le *five o'clock tea* des Chiliens. Elle a disposé sur la table les tasses, les assiettes et une tarte nappée de chocolat, écossaise selon ses dires, et, tandis que nous savourions son hospitalité, j'ai pensé que partout où nous passions dans le monde austral nous entendions toujours la même histoire.

La Patagonie et la Terre de Feu ont toujours été considérées comme des territoires susceptibles d'être spoliés impunément. Au nom de l'élevage et du progrès, on a exterminé des ethnies, des races, des forêts et, quand il n'y a plus eu un seul Indien vivant, on a cherché leurs restes, leurs momies, pour les expédier dans tous les musées du monde. Plusieurs films tournés par José Böhr et Antonio Radonic font probablement partie du patrimoine de filmothèques privées dont les propriétaires ne se demandent jamais comment et dans quelles conditions ils ont été réalisés.

Après avoir dégusté la délicieuse tarte écossaise, don Tomás nous a servi des petits verres d'eau-de-vie que nous avons bus dans un silence coutumier, sans méfiance car, en Patagonie et en Terre de Feu, le bon silence fait partie de la communication avec son éloquence particulière et son message sans équivoque. Nous savions que ce silence était une invitation à visiter la salle de cinéma et nous ne nous trompions pas car la señora Morrison a pris un gros trousseau de clés et nous a conduits jusqu'à la porte du trésor.

Dans la vaste pièce aux murs de bois transformée en entrepôt de vieux meubles familiaux, on respirait encore l'odeur d'une salle de cinéma. Il manquait quelques rangées de fauteuils mais la scène, avec les portants sur lesquels l'écran était tendu, invitait à s'asseoir n'importe où en attendant le moment où on éteindrait les lumières pour faire place à la magie du cinéma et entrer dans le monde créé par le génie humain dans sa volonté la plus accomplie et la plus glorieuse de vaincre la tyrannie du temps.

Dans cette salle unique où les spectateurs voyaient des films tournés dans leur propre univers, leur habitat, leur quotidien, montrant leurs coutumes, leurs fêtes, leurs vêtements, leurs travaux, leurs peines et leurs joies, joués par leurs voisins, leurs parents, leurs connaissances, la réalité a dû se voir reconnue par la création artistique comme cela s'est très rarement produit dans l'histoire de l'humanité.

On sait que José Böhr et Antonio Radonic ont tourné une cinquantaine de films. Certains comme *Parmi les Onas* ou *Le Peuple des canaux* sont cités dans plusieurs histoires du septième art mais personne ne sait ce qu'il est advenu de ces bijoux précurseurs du cinéma universel.

Dans la cabine, l'appareil de projection était toujours là, sur pied, attendant que des mains diligentes placent la bobine, la fassent passer dans les mystérieux pivots qui règlent sa tension et que les photogrammes commencent à défiler devant l'arc voltaïque cyclopéen qui, de toute la force de la lumière, propulserait les images jusqu'à l'écran.

Sur un côté de la machine, dans le meuble qui supportait les tambours, il restait à peine quelques restes de celluloïd, témoins muets de la spoliation, et les prises de courant vides faisaient penser à des veines ouvertes attendant le retour de tout ce qui avait été filmé avec la vieille Pathé 1220.

José Böhr et Antonio Radonic se sont séparés en 1925. Le Croate a continué à faire fonctionner la salle jusqu'en 1945. Böhr, séduit par le cinéma, est d'abord parti à Buenos Aires où il s'est fait remarquer comme compositeur de nombreuses pièces musicales puis il est allé tenter sa chance à Hollywood.

L'une des nombreuses chansons qu'il a écrites a fait le tour du monde et on l'a dansée et chantée dans plusieurs pays. Son refrain dit : *et elle avait un grain de beauté sur la joue / qui m'a fait m'écrier / quelle merveille !...*

La plupart des gens croient qu'il s'agit là d'une des nombreuses femmes rencontrées par Böhr aux Etats-Unis, pourtant, dans le petit mais digne musée régional de Porvenir, on peut voir la momie d'une Indienne Yagán trouvée dans l'île Tres Mogotes, tout près du Cap Horn. Cette femme du nom de Kel'ha – belle en langue yagán – a gardé jusqu'aujourd'hui la perfection de son visage et arbore, sur la joue droite, un grain de beauté aguichant et mystérieux.

Après avoir pris congé de la señora Morrison et des Radonic nous sommes retournés à l'aérodrome pour revenir à Punta Arenas. Il n'y a rien de comparable à un vol au-dessus du détroit de Magellan, en fin d'après-midi. En se retirant vers le Pacifique, le soleil incendie les plaines et reflète ses flammes sur les glaciers. Tout ressemble à une gigantesque braise et, tout comme les anciens navigateurs qui parcouraient le détroit dans leurs fragiles embarcations en peau de phoque, chacun murmure alors avec respect : oui, c'est vrai, c'est bien la Terre de Feu.

Remerciements

À Tony López Lamadrid, Luigi Brioschi, Anne-Marie Métailié, Manuel Valente et Giorgios Miresiottis qui ont soutenu avec enthousiasme ce voyage qui donnerait peut-être naissance à un livre.

Au concessionnaire Renault de San Carlos de Bariloche qui en 1996 nous a fourni un véhicule à la seule condition de le lui rendre *bien rodé*.

À Lucas Chiappe et ses amis d'Epuyén.

À Pedro Cifuentes, «Pedro Patagonia» pour les amis.

À Zulema et Jaime Mordzinski pour leur généreuse hospitalité.

Aux cheminots d'El Maitén et, en particulier, à Marcelo notre pilote vengeur.

À Viviana, Carmen, Jonas, Anael, Carlos, Paulina, Sebastián, Max, León et Jorge qui ont écouté une partie de ces histoires.

À José Manuel Fajardo, Karla Suárez, Antonio Sarabia, Lauren Mendiueta, Alfonso Mateo Sagasta, Emilia, Víctor Andresco, pour la patience infinie avec laquelle ils ont écouté ces histoires entre deux *asados*.

À tous ceux qui nous ont donné un coup de main pendant le voyage.

Table

RÉALISATION : IGS-CP À L'ISLE-D'ESPAGNAC
IMPRESSION : IME à Baume-les-Dames
DÉPÔT LÉGAL : AVRIL 2013. N°110913-4
Imprimé en France